W0411412

ORPHÉA FABULA ET L'ÉTOILE DE SAINT-PÉTERSBOURG

MARIE ALHINHO

© 2019 Poulpe Fictions
Poulpe Fictions, un département d'Édi8,
12, avenue d'Italie, 75013 Paris – www.poulpe-fictions.fr

Maquette : Marie Drion et Ipokamp
Correction : Caroline Guineton
À Lola, poulpe avant le poulpe, dont les chatouilles nous manquent.

Loi n° 49-956 du 16 juillet 1949 sur les publications destinées à la jeunesse,
modifiée par la loi n° 2011-525 du 17 mai 2011.
ISBN : 978-2-3774-2060-5 Dépôt légal : avril 2019.
Imprimé en Espagne

Orphéa Fabula

ET L'ÉTOILE DE SAINT-PÉTERSBOURG

MARIE ALHINHO

Illustrations : Miss Paty

poulpe FICTIONS

À ceux et celles qui se battent pour leurs libertés.

Chapitre 1

Où je me retrouve à la merci des glaces

Plié, tendu.

Clac ! Clac !

Relevé sur pointes.

Je cambre le dos en arrière, les bras en quatrième position, une main au-dessus de mon chignon comme une couronne. Malgré l'espace entre mes pieds, qui me permet de maintenir mon équilibre, une goutte de sueur froide perle à mon front. Dès que je suis redressée, j'assure ma prise au sol et, d'une impulsion sur mon appui, je m'élance dans une pirouette.

Un tour : je monte les orteils droits sur le genou gauche.

Deux tours : je gaine la jambe vers le haut.

Trois tours : je la replie en arrière...

... pour finalement la tendre en petite arabesque !

TADAAA !

Avec beaucoup de modestie, je salue mon fan-club qui applaudit à tout rompre... *Ah, non.*

— Je ne suis pas sûr que ce soit la musique la plus appropriée pour ce genre de chorégraphie.

Pour tout public, je n'ai en réalité que Fitz, dont le visage apparaît sur l'écran rond de mon InstaCorps, le faux miroir de poche qui dissimule mon téléphone d'espionne. Il se gratte le menton, les sourcils froncés et une lueur d'incompréhension au fond des yeux.

Dans la lumière sirupeuse de cet après-midi d'automne, ma chambre s'est transformée en salle de danse classique : certes, je n'ai pas de barre, mais je porte un justaucorps et je révise quelques enchaînements ! Le seul détail qui ne cadre pas dans ce décor de tulle et de couleurs pastel, c'est l'acoustique assourdissante qui s'élève de mes enceintes. Le dernier album de Spectral Thunder,

mon groupe de rock préféré, déverse ses accords de guitare depuis tout à l'heure.

Qui a dit que ce n'était pas le plus indiqué pour les entrechats ? Certainement pas moi !

Après tout, je porte un tutu rose.

UN. TUTU. ROSE.

Si, en plus de ça, je dois m'infliger des flonflons soporifiques à longueur de journée…

Devant l'expression de plus en plus réprobatrice de Fitz, je baisse le volume au minimum et je me laisse tomber sur la chaise de mon bureau en désordre. Autour de moi s'éparpillent les reliques de mon ancienne vie, celle que j'ai essayé d'oublier en l'enfouissant dans des cartons et des mallettes, relégués au grenier. Les chaussons taille bébé s'entassent pêle-mêle avec les rubans et les paillettes, les jupettes et les diadèmes, ainsi que toutes les petites fanfreluches que j'ai portées quand j'étais encore une inconditionnelle des princesses Disney. De mes quatre à mes neuf ans trois quarts (autant dire une éternité), j'ai fait crisser mes semelles sur le parquet du

Conservatoire, mais je me réjouis d'avoir troqué les ballets contre la gymnastique !

Les entrechats, ce n'était pas pour moi : c'est bien plus rigolo de faire des saltos !

Quand je déchausse mes pointes, j'ai l'impression que mes orteils reprennent vie.

Les embouts renforcés les ont comprimés comme des mini-surimis, au point que je ne les sentais presque plus ! Sphynx, mon chat noir, m'observe depuis le lit avec un air de suprême supériorité. Allongé tel un pacha sur ma parure de draps rouge et jaune (Gryffondor et fière de l'être !), il semble me rappeler l'éternel et stupide adage *il-faut-souffrir-pour-être-belle* !

Je comprends, maintenant, pourquoi les pointes sont déconseillées avant douze ans !

Si je tolère d'avoir les doigts de pied écrabouillés, c'est pour la simple et bonne raison que ma prochaine mission l'exige !

— Tu es bien certaine que les positions de base étaient les mêmes en 1903 ? demande Fitz.

De l'autre côté de l'écran, je vois ses yeux serpenter de gauche à droite : il lit sans doute un énième article. Je suis prête à lui rétorquer un *ben oui !*, mais je réalise soudain que la réponse m'échappe. J'ai ingurgité tant d'informations, ces derniers jours, que c'est le trou noir.

— Heuuu... ? je croasse avec éloquence.

— Parce que, déjà, si ce ne sont pas les mêmes en France et en Russie...

Je fais rouler ma chaise de bureau pour me rapprocher des piles de livres qui s'élèvent ici et là : entre les *Mounia à l'Opéra*, que je lisais quand j'avais cinq ans, on peut trouver des ouvrages d'experts détaillant en long, en large et en travers l'histoire de la danse.

Ça doit bien faire une semaine que, avec Fitz, on s'attelle à des recherches studieuses. D'ici quelques heures, je ne serai plus dans ma chambre douillette, mais à des années-lumière de là : pas simplement dans un autre pays, non, mais aussi à une autre époque !

Parce que je suis une espionne, mais pas n'importe laquelle.

Moi, Orphéa Fabula, je voyage dans le temps !

Cette fois-ci, le C.O.R.P.S., l'organisation d'ordre international pour laquelle Fitz et moi travaillons, a prévu de m'envoyer dans le Saint-Pétersbourg du XXe siècle. Comme lors de mes trois précédentes expéditions, je vais devoir retrouver un cristal noir perdu. D'une minute à l'autre, je serai en train de sillonner la Russie d'il y a plus de cent ans !

Heureusement que Fitz m'aide, malgré ses jérémiades !

Non seulement il parcourt les manuels d'histoire avec moi, mais, en plus, c'est lui qui crée les gadgets d'espionnage les plus extraordinaires de la galaxie !

Avec lui, je me suis donc renseignée sur les us et coutumes de ce pays, qui était encore récemment gouverné par des empereurs, appelés des tsars. J'ai été fascinée par mes découvertes sur Anastasia, qui ne ressemblait pas du tout à celle du dessin animé, mais surtout j'ai dévoré des traités de danse avec avidité. En effet, si j'ai exhumé mes tutus et apprivoisé mes pointes, c'est que mes lectures m'ont rapidement montré qu'une pierre noire captivait l'attention des passionnés de ballet : elle était censée, à en croire les historiens, porter chance aux danseuses qui l'avaient en leur possession ! Ni une, ni deux, je me suis alors plongée à corps perdu dans de nouveaux livres – et tous, sans exception, mentionnaient cette pierre.

L'Étoile du Soir.

Fitz a rapidement validé mon intuition : il s'agit bien du cristal que je dois rapporter !

Depuis lors, je m'entraîne dès que possible.

Grand battement, saut de biche et cabriole, il faut que je maîtrise mes figures à la perfection si je veux espérer m'approcher des ballerines. Selon mes premières déductions, le cristal serait conservé au théâtre Mariinsky : si j'infiltre les rangs des apprenties danseuses, je pourrai y accéder !

Et j'ai un nom en tête : Matilda Feliksovna Kchessinskaïa.

Elle était soliste du ballet impérial en 1903 : si une personne détient l'Étoile, c'est elle !

En plus, elle était connue pour aider les danseurs de tous horizons : ses biographes soulignent tous qu'elle accueillait les jeunes gens venus tenter leur chance à Saint-Pétersbourg !

Mon plan, du coup, est de l'impressionner. Peut-être qu'alors, elle me donnera accès à tous ses secrets !

C'est dans des moments comme celui-là que je suis heureuse d'être scolarisée à domicile : depuis que je pratique la gymnastique de manière semi-professionnelle, mes parents ont accepté que je suive des cours par correspondance pour pouvoir jongler avec mes heures de sport. Sans quoi, je n'aurais jamais pu me remettre à niveau en danse classique et...

Soudain, un mouvement dans mon champ de vision me fait sursauter.

— Qu'est-ce que tu fais ? m'interrogent deux voix en chœur.

QUOI ?!

Il est déjà 17 heures ?!

D'un bond vers mon bureau, j'éteins mon InstaCorps et fais disparaître le visage de Fitz.

Je me retourne pour découvrir deux petites têtes rousses qui ont émergé dans l'embrasure de la porte. Phobos et Deimos, mes frères jumeaux, me scrutent intensément. Malgré leur âge (à peine neuf ans), ils révèlent chaque jour leur *maestria* dans l'art de la persécution – et, évidemment, je suis leur cible préférée. Depuis le début de mes investigations, j'ai pris garde de tout ranger dès l'heure de la sortie de l'école, pour qu'ils ne remarquent rien.

Je rassemble le bazar sur mon bureau, en espérant qu'ils n'aient rien vu...

... mais je sais que c'est peine perdue.

— Je fais des recherches ! j'explique à brûle-pourpoint.

— Qu'est-ce que tu lis ? insiste Phobos.

— Pourquoi tu danses ? ajoute Deimos.

Ils s'invitent dans ma chambre et observent les lieux avec intérêt, comme s'ils n'avaient jamais vu mes peluches Miyazaki ou mes trophées de gym auparavant. Phobos attrape un *Mounia à l'Opéra*, que j'essaie aussitôt de lui arracher, tandis que Deimos analyse les chaussons de danse d'un air circonspect.

En moi, des émotions contradictoires bouillonnent : l'angoisse qu'ils comprennent la supercherie, la colère qu'ils soient entrés sans demander la permission et le sentiment d'être prisonnière chez moi montent comme la vapeur hors d'une Cocotte-Minute.

— Figurez-vous, je réponds, que je danse depuis que j'ai quatre ans.

Je tente de ne pas trahir les sentiments qui se bousculent dans ma tête et de conserver une attitude calme.

Je dois paraître au-dessus de tout soupçon !

Ils se consultent du regard, puis lèvent à nouveau les yeux vers moi :

— T'as arrêté, alors, suppose Phobos.

— On t'a jamais vue, affirme Deimos.

— J'ai arrêté mais, vous savez, il n'est jamais trop tard pour s'y remettre !

Je plaque un sourire (que j'espère convaincant) sur mes lèvres et je prie pour qu'ils partent, au lieu de quoi ils grimpent sur mon lit et s'installent confortablement. Je les fixe, les yeux écarquillés, et dans ma tête se déroule déjà le film d'horreur dont ils sont les petits monstres.

Puisque, manifestement, il est trop tard pour dissimuler mes affaires, j'abandonne cette entreprise vouée à l'échec et je me sers de la première diversion qui me passe par la tête :

— Ça vous dirait qu'on prenne le goûter ensemble ?

Ils hochent la tête avec une énergie déconcertante, alors je propose :

— Glaces ?

Contente de ma diversion, je traverse ma chambre et ce n'est que sur le seuil de la porte que je me retourne pour les dévisager. Ils n'ont pas bougé d'un pouce, bien décidés à me laisser tout préparer toute seule. Pas la peine de négocier avec Phobos et Deimos : je dois me dépêcher !

Je dévale les escaliers en espérant que Sphynx soit resté avec eux pour les surveiller. Quand j'arrive dans la cuisine, cependant, je constate qu'il s'est empressé de me coller comme un chewing-gum à la semelle de mes baskets. Il se poste avec flegme au milieu de la pièce et me scrute obstinément, me barrant la route du réfrigérateur.

Je le tiens en respect du regard.

— Si tu crois que je vais te donner du Cornettino, tu...

Mais je n'ai pas le temps de finir ma phrase car, quand j'ouvre la porte du congélateur...

— Agent ZX-13, votre devoir est de servir le C.O.R.P.S. Un nouvel ordre de mission vient d'être confirmé : veuillez mémoriser le contenu de cet appel. Il sera détruit dans 120 secondes.

— Non… ?!

— 118…

La voix mécanique du C.O.R.P.S. commence le décompte et c'est là, à cet instant précis, que je remarque la présence de mon sac à dos d'espionne entre les sachets de légumes surgelés !

Je jette un coup d'œil à Sphynx, qui se tient déjà au garde-à-vous sur ses quatre pattes !

— 95…

J'attrape mon chat sous le bras, agrippe mon sac à dos de l'autre main et, dans une lumière aveuglante, je me sens inexorablement attirée vers le congélateur ! En un battement de cœur, la blancheur éclatante a laissé place à l'obscurité la plus totale.

Il me faut quelques secondes de concentration pour comprendre que je n'ai pas les yeux fermés.

Je suis prisonnière dans le noir.

Chapitre 2

Ou pourquoi les enfants se perdent dans les supermarchés

C'est un cauchemar.

Dites-moi que je rêve !

Je tambourine de toutes mes forces contre le mur, toujours oppressée par l'obscurité opaque qui semble se resserrer autour de moi. Je tape, tape, tape, tant et si bien que…

CRAC !

BOUM !

— HAAAAAA !!!

… la paroi cède sous mes coups et je dégringole la tête la première.

Hé ben, vous parlez d'un accueil !

Remise de mes émotions, je masse mon crâne endolori tandis que Sphynx apparaît derrière mon dos. Il bondit élégamment et déroule son corps élancé de félin, puis se lèche la patte avant sans la moindre considération pour ma personne. Autour de nous, je découvre ce qui ressemble à une chambre froide : j'ai dévalé les étagères d'un gigantesque frigo jusqu'au carrelage dur et glacé de la pièce, entraînant avec moi des piles d'entremets et des bocaux de crème.

Pas la peine de préciser que tout a éclaté sous l'impact ! Il y en a partout : des biscuits multicolores se sont éparpillés, quittant leurs boîtes raffinées dans la chute, et se mêlent à présent aux débris de verre qui hérissent le sol tapissé de yaourt.

Heureusement qu'il n'y a personne ! J'aurais l'air malin, les quatre fers en l'air au milieu de tout ce bazar !

À force d'analyser les lieux, je ne peux pas m'empêcher d'avoir un doute : la mission pour laquelle le C.O.R.P.S. m'a déployée devait se situer en 1903. Ils n'avaient pas de réfrigérateurs en 1903… si ? J'ai eu beau travailler autant que je le pouvais, voilà un détail sur lequel je n'ai pas pris la peine de me renseigner. Des *réfrigérateurs*, quand même – ce serait étonnant !

Je me dépêtre tant bien que mal de ma piscine onctueuse, *splouch !*, *splouch !* et, avec Sphynx, on laisse des empreintes blanches derrière nous en quittant la réserve. Mes traces de pas taille 36 sont éclaboussées des petits coussinets ronds de mon chat : elles forment un zigzag tandis que je me glisse entre les cageots et les barriques d'un entrepôt.

Il fait sombre, parce qu'il n'y a aucune fenêtre, mais dans le clair-obscur je distingue les contours de caissettes de légumes et de fruits. Plus loin, des jardinières regorgent d'arbustes et de fleurs et, au fond, j'aperçois même les arêtes nettes d'une cave à vin impressionnante.

J'ai compris : la téléportation a échoué et, au lieu d'avoir été envoyée en Russie impériale, j'ai dû atterrir dans le sous-sol d'un hypermarché ! Facile : je n'ai plus qu'à sortir, retrouver mon chemin jusque chez moi et *hop !* le C.O.R.P.S. me renverra en un rien de temps !

Sauf que non.

Au moment même où des voix se rapprochent, je me rends compte de mon erreur.

Des hommes surgissent dans mon champ de vision et je me jette aussitôt derrière un chariot surchargé de marchandises. Avec force grognements, ils déplacent une lourde cargaison à bout de bras. C'est là que, entre deux râles, j'entends qu'ils ne parlent pas français.

Je ne me laisse pas intimider pour autant, mais je patiente en veillant scrupuleusement à ne pas bouger d'un pouce. Je retiens mon souffle et, dès que la rumeur rauque de leurs voix s'éloigne, je farfouille dans mon sac à dos jusqu'à dénicher mon babel-x.

Cette invention de Fitz est une merveille de technologie : pas plus grand qu'une micro-puce de smartphone, il traduit instantanément tout ce que je vais entendre et dire au cours de ma mission ! Je le divise en deux dans un *clac !* pour en placer une moitié derrière mon oreille et l'autre sous ma langue. Quels que soient le pays et l'époque où j'ai atterri, je suis parée !

Les yeux jaunes de Sphynx luisent dans les ténèbres et son regard démoniaque m'encourage à sortir de ma cachette. J'avance sur la pointe des pieds, cette fois, et m'extrais de l'entrepôt en trottinant jusqu'à trouver des escaliers. Arrivée en haut, je m'arrête d'un coup, émerveillée.

Une chose est sûre : ce n'est pas le supermarché du coin !

Autour de moi, des rivières sinueuses de clients ondulent entre des gondoles vitrées où sont exposés ici des desserts glacés, là des mignardises sucrées. Je me mêle à la foule en tentant de découvrir la sortie au plus vite – mais ce magasin est tellement grand, tellement beau et tellement rempli de tentations ! Entre les dames en robes longues et les messieurs aux manteaux chics, je distingue des boîtes entières de guimauves et de pâtes de fruits qui me mettent l'eau à la bouche. Malgré tout, je sais que je ne peux pas m'attarder davantage.

Voyant Sphynx prêt à déguerpir entre deux présentoirs tournants, je le rattrape *in extremis* et, le portant sous le bras comme un colis trop lourd, je file aussitôt vers la sortie.

Je n'ai pas fait un pas hors du magasin que ça me frappe.

Les voitures qui défilent sur l'avenue sont des fiacres, des attelages hippomobiles, et les tramways qui se succèdent sont eux aussi tirés par des chevaux ! Sur les pavés, les bottines claquent de concert avec les sabots et le brouhaha indistinct de la ville se ponctue de hennissements. Cette fois, c'est certain : je me trouve

bel et bien à l'aube du XXe siècle ! Par ailleurs, je note les lettres étranges qui surplombent les devantures des magasins, ainsi que celles qui ponctuent la route sur les kiosques à journaux.

Ça, je le sais, c'est l'alphabet cyrillique – un alphabet russe hérité du grec !

Heureuse d'être parvenue à destination, finalement, j'inspire un grand bol d'air de 1903...

... avant de m'étrangler !

— Pouah ! Ça pue !

Dans mon imagination, la Russie impériale sentait bon le pain d'épice et le thé aux agrumes, mais certainement pas le crottin de cheval ! Décidément, cette mission commence mal !

Je manque de défaillir (parce que je ne fais jamais les choses à moitié) et Sphynx saisit cet instant de faiblesse pour m'échapper d'un bond effrayé. Il part se terrer entre les pieds d'un banc, loin de la chaussée et des chevaux qui semblent le terroriser.

Il faut savoir que Sphynx, même s'il se pavane, est un véritable froussard ! La simple vue de papillons l'épouvante, alors imaginez des chevaux !

Je m'apprête à aller le chercher, quand une voix m'interrompt dans mon élan :

— Mademoiselle, vous allez bien ?

Un cocher quitte son tramway, stationné à l'ombre d'un réverbère, et s'approche de moi. Il porte un uniforme austère, composé d'une livrée à jolis boutons dorés et d'une casquette, mais son expression est joviale et son visage rigolo, avec sa moustache retroussée sur les côtés.

— Oui, oui, merci ! je réponds précipitamment.

Le monsieur me dévisage, intrigué. Il détaille mon accoutrement – je le rappelle : jupette et collants blancs de danseuse – et je ne peux qu'imaginer quel tableau je donne à voir !

Une perplexité amusée creuse un sillon entre ses sourcils broussailleux.

— Vous avez besoin d'aide ?

— Vous ne connaîtriez pas, par hasard, l'adresse du théâtre Mariinsky ?

Maman dit toujours que ce n'est pas très correct de répondre à une question par une autre question, mais il n'y a pas meilleur endroit pour entamer mes investigations que le théâtre !

En tant que cocher, ce monsieur doit connaître la ville par cœur. J'espère qu'il pourra m'aider !

— Je cherche Matilda Kches... Ksech...

Dites donc, je n'avais jamais essayé de prononcer son nom à voix haute... Un peu plus et je vais éternuer !

Pourtant, le visage du cocher s'éclaire de compréhension.

— Aaahhh... ! exhale-t-il avec un air de grand connaisseur. J'ai entendu dire que Matilda Kchessinskaïa accueillait des jeunes danseurs chez elle...

Il analyse ma tenue d'un œil nouveau et, quant à moi, je hoche la tête frénétiquement.

— Vous voulez faire carrière, alors ? demande-t-il avec amusement.

— OUI ! je m'écrie, à peine désolée de mentir.

Carrière dans la danse classique, moi ? Jamais de la vie ! Mais c'est ce qu'il veut entendre.

Il écarquille des yeux hilares et son ton est d'autant plus enjoué quand il reprend :

— Vous aurez plus de chances de la trouver chez elle qu'au théâtre !

— Chez elle ? je caquette comme un perroquet.

— Oui, dans son hôtel particulier ! Matilda Kchessinskaïa vit non loin de la Nera.

D'un air encourageant, le cocher pointe la direction du doigt.

— 2, rue Bolchaïa Dvorianskaïa, m'indique-t-il. J'ai eu le plaisir de la conduire plusieurs fois ! C'est une dame du monde, toujours dans un fiacre pour tel ou tel événement !

Je le remercie vivement, puis lui serre la main d'une poigne à la fois chaleureuse et très sérieuse – toujours habillée, ne l'oublions pas, d'une jupette de danse voletant au vent. Sans traîner une minute de plus, je me précipite vers Sphynx et provoque l'envolée des pigeons qui commençaient à le cerner d'un air plus que menaçant. Je le tire de sous son banc et c'est ainsi, mon chat sous le bras, que je m'aventure dans les rues de Saint-Pétersbourg.

Je demande mon chemin plusieurs fois, mais j'arrive très vite devant la demeure de Matilda Kchessinskaïa. L'édifice qui s'élève devant moi a quelque chose d'incongru et de biscornu, avec sa tourelle de pierres rouges et ses frises décoratives en métal. Il me donne le sourire...

... jusqu'à ce que la grande porte principale s'ouvre à la volée !

— C'est pour quoi ?

NOM D'UN MARSHMALLOW GRILLÉ !

Je ne me laisse pas facilement intimider mais, là, j'avoue que j'ai dégluti avec difficulté.

Sur le perron de la maison se dresse, avec une sévérité à terroriser un général des armées, une petite dame replète aux joues rouges et aux sourcils froncés. J'ai dû

rester stationnée là trop longtemps à son goût, car elle ne semble pas apprécier ma présence devant la grille.

PAS.

DU.

TOUT.

Gloups !

— Je… je viens voir Matilda Kchessinskaïa, je parviens enfin à articuler.

Comme le monsieur de tout à l'heure, elle analyse ma tenue et finit par m'ouvrir.

Sans un mot de plus, elle me conduit à travers un grand hall, d'une blancheur éclatante, et me laisse gravir quelques marches de marbre qui mènent à un salon. Un sol en damier m'accueille sous une coupole aux myriades de détails dorés. Au fond, près de la cheminée richement ciselée, une femme se délasse dans une bergère de satin clair. Elle lit, vêtue d'une simple chemise et d'une robe de chambre, et seul le bruissement des pages rompt le silence.

Elle lève les yeux vers moi, pleine de douceur, et demande :

— Que me vaut l'honneur de cette visite ?

Chapitre 3

Où tout devient plus léger que l'air

Un *zephyr* me passe sous le nez et je hume son parfum délicat.

Je ne parle pas du vent, évidemment (ce serait bizarre, au beau milieu du salon), mais du dessert russe ! Pâle comme un rêve, moelleux comme un nuage, il tourbillonne avec légèreté à la manière d'une meringue, mais sa texture aérée me rappelle davantage le marshmallow.

Douniacha, la gouvernante qui m'a accueillie d'une main de fer, dépose un serviteur à trois étages sur la table basse. Les plateaux en argent parfaitement polis disparaissent sous les *pastilas* fondantes et les *trubochkas* croustillantes. Garnies respectivement de pâte de fruits et de crème pâtissière, elles sont immédiatement venues enrichir mon inestimable lexique gastronomique !

Certains mots, en effet, sont intraduisibles pour le babel-x – mais comptez sur moi !

Je mets un point d'honneur à tout analyser d'un œil et d'une papille experts.

Dès mon arrivée, malgré sa sévérité décoiffante (et quelque peu déstabilisante), Douniacha s'est montrée attentive et bienveillante. Sans un seul mot de Matilda, elle a compris que j'étais son invitée pour la soirée, et a aussitôt préparé de petits entremets pour me sustenter.

— Tu es fagotée comme l'as de pique ! s'est-elle récriée. Tu ne peux pas te présenter comme ça.

Elle m'a indiqué ma chambre et m'a offert des vêtements à ma taille, raccommodés au moins trois milliards de fois mais fleurant bon la lessive. Une chose est certaine : ce n'était pas la première fois qu'elle ouvrait la porte à une enfant inconnue ! En me débarbouillant la figure, je me suis rappelé que de nombreux aspirants danseurs défilaient dans cette maison.

Quand je suis descendue manger, Sphynx, fidèle à lui-même, se prélassait déjà comme un véritable pacha ! Évidemment, c'est toujours la même histoire : *Monsieur* charme tout le monde.

Douniacha (la même, je vous assure) lui avait préparé un petit coussin soyeux !

Autant vous dire que je suis passée devant lui avec un air ab-so-lu-ment détaché.

Un silence statuaire pétrifiait alors le salon malgré le piano à queue qui trônait dans la pièce et, à table, la politesse guindée a peu à peu fait place à un petit interrogatoire intrigué. Dans une atmosphère seulement ponctuée de mes mastications (plus ou moins) discrètes, on a échangé quelques plaisanteries sur l'efficacité intransigeante de Douniacha, puis Matilda s'est mise à me poser des questions : elle s'est enquise des motifs de ma venue à Saint-Pétersbourg, de mes origines, de mes parents. J'ai donc éludé, éludé et... *éludé* – et un peu menti aussi, quand j'y étais obligée.

Puis, après l'entretien en bonne et due forme, Matilda m'a mise en garde :

— Tu veux intégrer l'École théâtrale, m'a-t-elle dit de son timbre suave et roulant, mais tu es loin d'être la seule, sache-le. Des jeunes gens qui rêvent comme toi de faire carrière dans la danse, il y en a des dizaines qui arrivent chaque jour des quatre coins de l'Empire.

Gloups.

J'ai dégluti si fort que le gémissement de ma glotte a dû être entendu de la Lune.

Matilda a, l'air de rien, exigé que je fasse mes preuves.

ICI.

MAINTENANT.

— Tu peux passer la nuit chez moi, Orphéa Fabula, a-t-elle expliqué, mais cela ne veut pas dire que je garantis ton inscription à l'École. Tu devras passer des auditions auprès de Marius Petipa, le maître de ballet, mais pas avant de m'avoir montré de quoi tu es capable.

Et voilà, on y est.

Je vais effectuer une chorégraphie devant elle.

Je croque dans le *zephyr* à pleines dents, mais une pointe de trac m'aiguillonne la poitrine.

Bien que je m'exerce à la gymnastique de manière professionnelle et malgré mes entraînements exigeants des dernières semaines, je ne peux pas m'empêcher de cogiter.

Et si je tombe ?

Et si je rate ?

Et si je suis refusée ?

Au-delà de ma mission, qui serait un peu compromise (mais pas tant que ça), je me rends compte que c'est ma susceptibilité qui est en jeu. Je voudrais que cette grande artiste reconnaisse mon adresse, même si ce n'est pas tout à fait la discipline dans laquelle j'excelle.

— Allez, Orphéa.

Je jette un œil à Matilda et lui réponds d'un sourire timide.

Argh ! Je n'aime pas être dans cet état !

L'estomac noué, le cœur au bord des lèvres et cette attitude timorée... ça ne me ressemble pas.

PAS. DU. TOUT.

Après une ultime bouchée, je me rassérène et me lève pour ma démonstration.

Port de tête. Menton haut. Épaules basses. Première position. Concentration maximale.

Matilda prend place sur sa bergère, à côté de laquelle se trouve un gramophone, une sorte de tourne-disque ultra-vintage dont la collerette en cuivre rutile avec panache. Elle fait pivoter le bras mécanique, le diamant crachote un instant et, avec un écho, la mélodie s'élève.

— Tchaïkovski, je note sans même m'en rendre compte.

— Qui d'autre ? acquiesce Matilda.

Elle sourit d'un air entendu et je devine, à son expression, que ma connaissance du compositeur russe joue en ma faveur. J'ai bien fait de réviser mes classiques avant de venir !

Après, c'est sûr que, m'étant exercée sur du hard-rock, je suis un peu déconcertée par ce changement

– mais les notes enlevées de *Casse-Noisette* irradient une jovialité contagieuse.

Mes muscles se détendent, mon angoisse disparaît et je me laisse emporter.

Je m'envole.

Débordante d'énergie, j'enchaîne une série d'entrechats précis, une attitude gracieuse, puis trois pirouettes parfaitement maîtrisées. Rond de jambe, échappé, relevé, tous ces mouvements se synchronisent à la perfection et un sourire charmeur illumine mon visage. Convaincue de mes capacités et désireuse d'impressionner Matilda, je tente le tout pour le tout et improvise une suite de cabrioles et un grand jeté tournant, pour finir par une révérence.

Des applaudissements polis saluent ma prestation.

Je me redresse, les joues brûlantes et le front couvert d'une pellicule de sueur, pour voir que Matilda a interrompu le gramophone. Concentrée sur ma pose finale, je ne m'en étais même pas rendu compte ! Elle reprend place à table et m'invite à faire de même.

— Jolie technique, commente-t-elle tandis que je m'installe, le souffle court.

J'accepte le compliment avec plaisir et mon cœur manque d'exploser de fierté.

— N'oublie pas, précise-t-elle alors, qu'un ballet raconte une histoire. L'exécution doit être impeccable mais, en tant que danseuse, ton rôle sera également d'incarner un personnage.

Mon fugace moment de gloire dégonfle tel un ballon de baudruche.

C'est vrai que je n'avais pas pensé à ça !

En effet, je me rappelle que *Casse-Noisette* relate l'histoire d'une petite fille à Noël. Un ballet, ce n'est pas une simple succession de pas, de tours et de positions, mais une véritable intrigue à développer. Si c'était mon métier, je danserais en interprétant l'un des personnages du conte !

Je hoche la tête et Matilda poursuit :

— D'après moi, tu as toutes tes chances. Il ne le montrera pas, je peux te l'assurer, mais Marius sera très enthousiasmé par ta performance. Nous avons besoin de gens comme toi à l'École théâtrale ! Le corps de ballet n'est pas éternel, malheureusement, et il faut bien commencer à penser à la relève. Si nous voulons rester les meilleurs, nous devons former des danseurs et des danseuses exceptionnels. Je pense que tu peux en faire partie, si tu travailles.

J'écarquille les yeux, flattée mais surtout intriguée.

— Je pensais que vous étiez les seuls à Saint-Pétersbourg, je lui avoue.

— Oh, nous l'avons été pendant très longtemps, acquiesce Matilda. Le théâtre Mariinsky a su se bâtir une réputation dans toutes les Russies et nous sommes les favoris du tsar Nicolas... En tout cas, nous le demeurons pour l'instant. Mais un nouveau mouvement est en train de naître.

— Ah bon ?

Je me creuse la cervelle : maintenant qu'elle me le dit, ça me rappelle quelque chose !

Je me suis si vite focalisée sur elle que ça a dû m'échapper.

— Oui, confirme Matilda en cueillant une cuillerée de *medovik*. Un ancien collègue, Mikhaïl Fokine, m'a appris qu'un certain Sergueï Diaghilev tente de renouveler les ballets pour les rendre plus modernes. Forcément, il attire l'attention, et c'est formidable, ajoute-t-elle d'un air néanmoins peiné, mais si nous n'avons plus les faveurs du tsar, nous n'avons plus rien… Heureusement que nous avons toujours l'Étoile du Soir en notre possession.

À ces mots, je ne peux pas m'empêcher de bondir. Matilda vient de mentionner le cristal !

— J'ai entendu parler de cette pierre, je dis en essayant d'adopter un ton dégagé.

— Je ne suis pas étonnée, rit Matilda, sa légende est connue de toutes les ballerines, d'ici et de tout l'Empire. L'Étoile est dotée de grands pouvoirs : nous n'en serions pas là, aujourd'hui, si elle n'avait pas porté chance à tous les artistes qui l'ont arborée de génération en génération.

— Toutes les *prima ballerina*, je précise dans un murmure. Comme... vous ?

— Tu es bien informée ! Oui, c'est à moi qu'aurait dû échoir l'Étoile.

Je remarque une note de regret dans sa voix, alors j'ose insister :

— Ce n'est pas vous qui l'avez, alors ?

— Non, je le déplore.

Matilda conserve une attitude très digne et son masque de sérieux rend son expression impossible à décrypter. J'ouvre la bouche pour la questionner encore, mais elle me coupe :

— Allez, au lit ! s'exclame-t-elle. Une longue journée nous attend, demain. Je t'emmène à l'École, où tu devras renouveler ta prestation devant Marius. Après quoi, je suis certaine que tu seras admise dans sa classe et, à partir de ce moment-là, tu vivras à l'internat avec les autres.

Je monte les marches sans mot dire et je me glisse entre les draps du petit lit.

Je reste immobile jusqu'à ce que l'appartement sombre dans le sommeil puis, grâce à la lumière générée par mon InstaCorps, je me relève comme un fantôme pour explorer les lieux.

Matilda dit ne pas l'avoir, mais qui sait ?

Je trouverai peut-être le cristal ici.

Chapitre 4

Ou comment j'ai le chic pour me faire des amis (mais pas que)

Sur le trajet qui mène à l'École, je me mets debout dans le fiacre, le nez au vent.

Douniacha l'a hélé depuis le perron de l'hôtel particulier (un peu comme on voit des filles le faire avec des taxis new-yorkais sur leurs photos Instagram, sauf que Douniacha a beaucoup plus d'autorité – et un peu moins de style). La voiture décapotable laisse la brise fraîche de Saint-Pétersbourg ébouriffer mes cheveux et me permet de détailler ce qui défile de chaque côté de la route avec toujours plus d'émerveillement. À côté de moi, Matilda demeure paisible et digne, ses mains gantées posées gracieusement sur ses genoux, mais elle n'en sourit pas moins.

Son élégance me fascine.

Hier, tandis que je fouillais son appartement de fond en comble, je n'ai pas pu me retenir : j'ai passé bien plus de temps dans son cabinet de toilette que dans toutes les autres pièces réunies. Ses poudriers décorés et leurs houppettes délicates, ses vaporisateurs de parfum et leurs poires souples, ses boîtes à bijoux et leurs pierres précieuses aux mille couleurs... Devant le miroir de la coiffeuse

constellé d'éclats de mercure gris, je ne pouvais pas contenir mes *ohhh !* et mes *ahhh !* Et sa penderie aurait fait rougir Maman, qui n'est pourtant pas à plaindre !

Évidemment, aucune trace du cristal.

Pas le moindre indice.

N.I.E.T.

Je m'en doutais, mais bon, je conservais un petit espoir.

Du coup, je me suis réveillée ce matin en étant d'attaque pour ce nouveau chapitre de ma mission. Lavée et habillée en moins de deux, j'ai attrapé les affaires de danse préparées par Douniacha, avalé un gruau à la cannelle cuisiné par Douniacha, et sauté dans le fiacre appelé par Douniacha. Elle n'est pas venue avec nous, mais elle m'a tapoté la tête avant de partir.

Je crois que, pour elle, il s'agit d'une marque d'affection suprême.

J'ai été un peu triste de la voir s'éloigner, tandis que la voiture partait au petit trot, mais l'excitation de découvrir l'École théâtrale a rapidement balayé tout le reste.

Lorsque le fiacre nous dépose rue Rossi, Matilda, Sphynx et moi, je reste béate.

WOAAAHHH… !

Les colonnades jaune et blanc de l'École s'alignent majestueusement, de part et d'autre de la route pavée, et se rejoignent pour former un imposant fronton d'imitation antique.

Matilda échange quelques mots courtois avec le cocher, le temps de lui régler la course, mais je n'écoute déjà plus. Je suis subjuguée par les notes qui se déversent par les hautes fenêtres en plein cintre. Plusieurs mélodies s'entrelacent et, entre les harmonies, je reconnais quelques accords de Tchaïkovski, mais je perçois aussi les tintements cristallins de tambourins et les rythmes entraînants de musiques traditionnelles. Par les vitres floutées de buée, je distingue les silhouettes des élèves qui répètent en tenue et, tout à coup, le trac me titille le cœur.

— Ils sont beaucoup trop forts, je murmure à l'adresse de Sphynx.

Il se frotte contre mes mollets pour me rassurer et sa douceur me réconforte un peu.

— Tu es prête, Orphéa ?

Matilda ajuste légèrement son chapeau sur son chignon noir, lisse son corsage, puis me prend la main avec délicatesse. Elle me sourit et mon inquiétude fond comme neige au soleil.

— Ne t'en fais pas, me rassure-t-elle. Si jamais tu n'es pas retenue, tu pourras toujours revenir chez moi le temps de trouver une solution… mais j'en doute fort.

Le fiacre repart avec un *clac ! clac !* cliquetant tandis que je monte les marches du perron.

Une odeur de bois m'accueille et, en longeant le couloir, je suis happée par les musiques des différentes salles de classe. Elles sont cadencées par des bruits nets et précis qui battent la mesure. Matilda m'entraîne en haut de l'escalier et me fait entrer dans un petit vestiaire, où des enfants de mon âge enfilent leurs chaussons dans un brouhaha de rires et de conversations.

— *Prima* Kchessinskaïa ! s'écrie l'un des garçons.

Il se précipite sur Matilda, toute la troupe sur ses talons, et ils se pressent autour d'elle avec une ferveur révérencieuse.

Le jeune homme, aux cheveux blonds impeccablement lissés, lui serre la main comme s'il tenait un trésor, et une fille un peu plus débraillée se moque de lui.

— Laisse-la respirer, Kostia ! rigole-t-elle avec un sourire rayonnant.

— Macha, Kostia, commence Matilda en s'adressant à eux deux, je vous présente Orphéa.

Tous les regards se braquent sur moi, certains curieux, d'autres perplexes.

Je salue la compagnie d'un geste maladroit que je regrette aussitôt, puis me fends d'un *bonjour-tout-le-monde* tout aussi gênant. Quelle idée de me dévisager comme ça, aussi !

— Vous vous occuperez bien d'elle, d'accord ? Elle candidate pour rejoindre vos rangs.

Les sourires se crispent, les sourcils se froncent et, subitement, je me rends compte que l'ambiance n'est pas aussi bienveillante que je l'ai cru au premier abord. Filles et garçons haussent le menton et me jaugent du regard, comme pour mesurer la menace que je représente.

Moi ? Une menace ?

Pfff... S'ils savaient ! D'ici quelques jours, je serai de retour au XXIe siècle.

Matilda me sourit d'un air encourageant en sortant et, dès qu'elle a le dos tourné, les élèves arrêtent de faire attention à moi. Ça aurait pu être agréable de retourner à l'anonymat… s'ils n'avaient pas l'air de m'ignorer sciemment ! Ils enfilent leurs guêtres et fignolent leurs chignons sans un mot pour moi – tous, sauf les deux personnes désignées par ma protectrice.

— Ne fais pas attention à eux, me glisse Kostia, le garçon. Ils sont rabat-joie.

— La compétition, ça ne rend pas les gens très beaux, déclare Macha, la jeune fille.

Ils ont tous les deux revêtu des tenues uniformisées : elle est en jupe et collants, alors qu'il porte un ensemble prêt du corps. Si lui semble tiré à quatre épingles, elle, au contraire, donne l'impression d'être plus désordonnée, avec ses cheveux attachés à la va-vite.

Ils me laissent le temps de me changer puis m'invitent à les suivre. Je découvre une vaste salle, surplombée de balustrades et aux murs longés de barres doubles. Les danseurs, assis sur le parquet, s'étirent déjà : ils me font penser à une mer de vaguelettes pâles, tant ils se cambrent et se couchent, se plient et se penchent. On les rejoint au sol et Kostia m'interroge :

— Ça fait longtemps que tu danses ?

— Oui, je mens avec aplomb.

Ce n'est qu'une demi-vérité, en réalité : même s'il ne s'agit pas tout à fait de la même discipline, danse classique et gymnastique se ressemblent un peu – comme des cousines, plutôt que comme des sœurs !

— Et vous, depuis combien de temps vous êtes ici ?

— À l'École, les cycles durent sept ans, en général, m'explique Macha. Nous, on est en quatrième année ! On est arrivés ensemble, c'était trop bien de rencontrer Kostia !

Sans se lever, ils s'arc-boutent l'un vers l'autre pour se prendre dans les bras.

— Oui, je suis venu tout droit de Sibérie et je ne connaissais personne, m'avoue le garçon. Je n'en reviens pas, d'avoir eu autant de chance. Ce n'est pas tous les jours facile, tu sais, ajoute-t-il après un petit silence lourd de sens, de… d'être un danseur de ballet, je veux dire.

— Les gens t'embêtent parce que tu es un garçon qui fait de la danse ? je m'étrangle.

Je sais que certaines personnes sont étroites d'esprit, mais là c'est trop !

Si ça gâche le plaisir de Kostia, il y a de quoi se révolter !

— Non, ils ne m'embêtent pas, mais… déjà, ça n'a pas fait plaisir à mon père. Il est métayer et il voulait que je prenne sa suite. Pour lui, ce n'est pas très honorable d'avoir un fils danseur. Et puis, comme on est peu nombreux, c'est encore plus compétitif !

— Ici, on s'entraîne tous pour intégrer la compagnie Mariinsky, explique Macha, mais il n'y a pas beaucoup de nouveaux rôles. Ça signifie qu'il n'y aura pas de place pour tout le monde.

— Et le corps de ballet est presque exclusivement féminin…, soupire Kostia.

À ce moment-là, le garçon est interrompu par le claquement régulier d'une canne sur le sol.

Je me redresse, à l'affût, pour découvrir la silhouette efflanquée d'un vieil homme en complet veston. L'air soucieux, il marche d'un pas résolu malgré un boitillement léger. Son allure élégante, avec la chaînette dorée qui ourle la pochette de sa poitrine, me laisse deviner qu'il s'agit là de Marius Petipa, maître de ballet et professeur de danse. Je l'imaginais nettement plus jeune et sportif ! Avec ses cheveux blancs clairsemés et son front moucheté de taches brunes, il doit avoir (au bas mot) trois cents ans – ou peut-être quatre-vingts, si on veut être sympa.

Il semble un peu dans son monde : il ne lève même pas les yeux vers ses élèves et se contente de bougonner dans sa barbe en frisottant sa moustache entre ses doigts. Il ne sort de sa torpeur que lorsqu'un jeune homme accourt dans la salle, les bras chargés d'un bouquet de partitions.

Marius Petipa le considère gravement, puis lui fait signe de s'installer au piano.

En quelques secondes, tous les élèves sont à la barre en première position.

— Préparation, annonce le professeur avec force.

Dès les premières notes, filles et garçons enchaînent des exercices d'échauffement qu'ils connaissent tous par cœur. Moi, je me précipite et m'insère le plus discrètement possible entre Macha et Kostia, qui m'ont réservé une place. J'imite les mouvements qui se succèdent (pliés, dégagés, fondus, ronds de jambe, frappés...), tandis que Marius Petipa longe la barre en rythmant la musique des battements de sa canne. Il ponctue la série de pas de commentaires :

— On finit la phrase, nous ordonne-t-il. Très bien. Maintien, voilà. Allez... en musique !

Si le groupe n'évolue pas ensemble, il frappe le sol plus brusquement.

— Faites attention !

Lorsqu'il arrive à mon niveau, il me dévisage mais je ne me laisse pas impressionner si facilement. Sa moustache frémit quand il sourit. Il attrape délicatement mon bras et le tourne d'un millimètre pour qu'il soit plus ouvert, puis place mes doigts un peu différemment.

Personnellement, je ne vois pas ce que ça change, mais si ça lui fait plaisir…

Je pivote lentement sur ma jambe d'appui et il en profite pour tapoter mon genou de sa canne. Par réflexe, je me tends encore plus, ce qui me vaut une aimable félicitation :

— Voilà, beaucoup mieux.

On échange un regard qui me suggère de venir le voir à la fin du cours.

S'ensuivent de longues heures de perfectionnement : tout le monde connaît les enchaînements, donc je dois rester vigilante et anticiper les mouvements. Heureusement que je me suis entraînée avant d'arriver ! Sans quoi, je n'aurais jamais pu suivre la routine.

La séance s'achève sur les coups de midi et le professeur me félicite :

— Orphéa Fabula, c'est bien ça ? m'interroge-t-il en français. Mademoiselle Kchessinskaïa m'a brièvement parlé de vous : elle a brossé un portrait très élogieux, ce que je comprends, à présent. Votre performance d'aujourd'hui vous rend tout à fait digne de nous rejoindre.

J'écarquille les yeux, aux anges, et me répands en remerciements.

Il me congédie et m'explique qu'on va m'octroyer une chambre d'internat. Je lui exprime ma gratitude et profite de cette proximité pour le mettre sous surveillance : avec la plus grande discrétion, je m'empare de l'alpha-sequor, une puce de géolocalisation inventée par Fitz, et la glisse sur le revers de sa veste ! Elle me permettra de savoir où il se trouve à chaque minute de chaque heure de chaque jour – et, ainsi, de le suivre où qu'il aille !

Je pars, pas peu fière de moi, et c'est en rejoignant les vestiaires que je croise un homme vêtu de noir. Il pénètre en trombe dans la salle de classe, si tempétueux qu'il manque de me renverser. J'en perds l'équilibre, me rattrape à la barre et m'enfuis, mais pas avant de surprendre ses paroles colériques. Discrètement, je me tapis contre la porte que je viens de fermer derrière moi et tends l'oreille pour écouter :

— Ça commence à suffire, Petipa, le rabroue-t-il. Nous ne tiendrons jamais la distance si vous continuez à vous cacher comme un enfant. Les temps changent, il faut avoir de la poigne !

— Mon bon monsieur Teliakovski, répond courtoisement le maître de ballet. N'oubliez pas que c'est vous qui m'avez mis en charge : ce sont mes choix et vous devez les respecter.

— Vous ne comprenez pas : il faut frapper fort ! Cessez d'agir comme un couard. Vous désirez la même chose que moi alors, à présent, faites ce qu'il faut.

Kikekoidonoù ?

Je les scrute, intriguée par leur discussion fougueuse.

Si j'ai bien compris, ils préparent un mauvais coup ensemble.

Ce M. Teliakovski ne me dit rien qui vaille. Il faut que j'en apprenne davantage.

Chapitre 5

Où les apparences sont parfois trompeuses

Je voudrais rester écouter plus longtemps mais, soudain, Matilda surgit dans le couloir.

Je m'éloigne de l'embrasure juste à temps ! Un peu plus, et elle aurait remarqué que j'espionnais.

Elle pénètre dans la salle de danse avec emportement et sa voix se mêle à celles de M. Teliakovski et de Marius Petipa dans leur dispute. Je croise le regard de Sphynx, dissimulé dans un recoin obscur du corridor, et je crois qu'on est d'accord : ça ne sent pas bon.

À ce moment précis, j'entends la porte s'ouvrir à la volée et une grande ombre longiligne traverse le couloir comme une bourrasque, se ruant vers les escaliers d'un pas ferme et déterminé. En un clin d'œil, il a disparu, mais pas avant que j'aie pu reconnaître la longue veste noire de M. Teliakovski en personne.

Quelques salutations polies l'accompagnent jusqu'à l'extérieur :

— Bonjour, monsieur le directeur !

— Au revoir, monsieur le directeur !

Sans même réfléchir, je bondis, fais signe à Sphynx et cours après M. Teliakovski, avec mon chat sur les talons. De son air méprisant à son allure énervée, tout m'amène à penser qu'il est bien plus malveillant qu'on pourrait le croire. Avec ses cheveux gominés et sa raie bien nette sur le côté, il passerait facilement pour un aristocrate au-dessus de tout soupçon…

… mais pas auprès de moi !

Son discours m'a vraiment fait froid dans le dos.

Plus j'y songe et plus j'en suis certaine : il prépare un crime, d'une façon ou d'une autre.

Et puis, apparemment, il est le directeur de l'École !

Ça ne peut vouloir dire qu'une chose : il doit savoir où se trouve le cristal.

Comptez sur moi pour percer ses secrets à jour !

Je me précipite et, quand j'émerge du bâtiment à sa suite, je le trouve en train de draper un pardessus de voyage autour de ses épaules et de héler un fiacre. Ni une, ni deux, je dévale les escaliers du perron et déboule dans la rue au moment même où il grimpe en voiture ! Le temps qu'il échange deux ou trois amabilités d'usage avec le cocher, qui referme la portière sur lui, je me suis terrée sous la voiture et me suis arrimée au châssis central.

Heureusement, mes chaussons ont été expressément mis au point par Fitz : il me suffit de tirer une petite languette pour activer le mode ventouse ! Une seconde plus tard, je joue à Spider-Man sous l'axe transversal de l'essieu. C'est quand j'entends un *hue !* détonant que je prends conscience de la situation : je me tiens à quelques centimètres du sol (à peine !), tandis que Sphynx s'est cramponné de toutes ses griffes à ma cuisse droite.

Autant vous dire que ça picote légèrement.

Lorsque le cheval se met en route au petit trot, j'étouffe un gémissement peu rassuré. Je tente de garder les yeux fixés à la carlingue du véhicule, juste sous mon nez, mais la tentation est trop forte : je jette un œil par-dessus mon épaule et découvre une mer de pierres grises déferlant à toute allure juste sous mes fesses ! Pour être tout à fait honnête, je ne fais pas la maligne, surtout lorsqu'un pavé descellé de la chaussée décide de venir heurter mon crâne.

AÏE ! OUILLE !

Pendant les dix minutes qui suivent, je vois trente-six chandelles !

Heureusement que j'avais mes chaussons ventouses, sans quoi j'aurais terminé sur les fesses.

Quand le fiacre s'arrête enfin, je ressemble davantage à un koala traumatisé qu'à une espionne super-entraînée mais, puisque personne ne me voit, ce n'est pas si dramatique.

— L'Ermitage, monsieur ! annonce le cocher d'une voix forte.

J'entends la portière claquer à nouveau et j'ai à peine le temps de lâcher les amarres que la voiture repart. J'atterris sur le dos dans un petit *pof !* mat et je me tiens immobile le temps que les roues arrière s'éloignent. Dès que la voiture m'a dépassée, je me redresse et me retrouve face au Palais d'Hiver, sa façade vert pâle et son parvis où se presse la foule.

En un clin d'œil, je désactive les ventouses de mes chaussons, puis je me dépêche de suivre M. Teliakovski avant de perdre sa trace ! Le gardant bien en vue, je m'empresse de me fondre dans un groupe pour passer les portes avec eux.

Je me coule à l'intérieur, plus silencieuse qu'un spectre.

BIM !

Ni vu, ni connu !

Je me mets à courir aussi vite que je le peux pour que personne n'ait le temps de me remarquer et, en tendant l'oreille, je perçois les claquements secs d'une démarche résolue. Je ne prends pas une seconde pour m'émerveiller devant les couloirs de marbre et d'or du palais et fonce à toute allure derrière M. Teliakovski, que je retrouve dans un petit théâtre éclairé par un lustre scintillant. En un claquement de doigts, il attire à lui toutes les personnes présentes dans la salle, comme si elles avaient été aspirées magnétiquement par un aimant.

— Quel plaisir de vous voir, monsieur !

— Nous ne vous attendions pas avant demain !

— Heureusement que vous êtes venu !

Tout le monde l'accueille comme un prince et il se répand en remerciements, appelant chacun par son nom et s'enquérant de la santé d'untel, de la famille d'unetelle. C'est étrange comme il peut soudain se révéler sympathique ! Rien à voir avec la personne de tout à l'heure !

Je consulte Sphynx du regard, mais il se lèche la patte avant, pas surpris pour un sou.

Pour ma part, je m'accroupis derrière l'un des sièges en velours de l'amphithéâtre.

Tout en bas, un ouvrier descend de scène et vient trouver le directeur avec un large sourire :

— Tout sera bientôt prêt, Vladimir Arkadiévitch !

Je fronce les sourcils en entendant ce nom, pas certaine de savoir de qui il s'agit.

Pourtant, M. Teliakovski répond, affable :

— Je n'en attendais pas moins de vous, Piotr Sergueïevitch ! Votre équipe et vous-même faites des merveilles. Mais je ne peux pas m'empêcher de m'inquiéter, ajoute-t-il après une brève pause, parce que Marius Ivanovitch ne respecte aucun de ses délais !

Un murmure alarmé parcourt l'assemblée à la mention de celui que je devine être Petipa.

— Que se passe-t-il ? demande le dénommé Piotr.

— Il se passe que cet homme est trop vieux pour diriger les ballets des théâtres impériaux ! se lamente M. Teliakovski dans un souffle. Il prend des décisions qu'il oublie une heure plus tard, change les chorégraphies à quelques jours du bal de Sa Majesté le tsar, renvoie le personnel du théâtre sans m'en faire part au préalable… Bref, il devient sénile et menace de faire s'écrouler l'une des représentations majeures de nos carrières à tous !

— C'est le spectacle du siècle ! s'écrie une jeune femme en plaquant ses mains sur sa bouche.

— Tous les princes de sang seront là ! s'affole un homme à la calvitie avancée.

— Et les ambassadeurs ! complète une vieille dame au tablier taché de peinture.

— Allons, allons ! tonne une voix à l'autre bout de la salle. Que se passe-t-il, Vladimir ?

La foule étouffe un murmure de surprise et s'éparpille comme un essaim d'abeilles.

À l'opposé de l'amphithéâtre, une silhouette s'allonge sur le seuil de l'autre entrée. Je me tapis un peu plus profondément entre les rangées de fauteuils, de peur qu'il ne lance un coup d'œil de ce côté et ne m'aperçoive, puis j'analyse sa longue veste à double boutonnage doré.

— Votre Majesté, déclare M. Teliakovski.

J'écarquille les yeux, sous le choc, et scrute le nouveau venu qui n'est autre que...

... le tsar Nicolas II en personne !

Il descend vers la scène avec assurance, son sourire las presque dissimulé par une épaisse moustache et ses yeux lourds de fatigue. Sa tenue élégante laisse deviner, malgré une carrure de militaire, des épaules affaissées et abattues, comme s'il portait un poids trop lourd pour lui.

— Des soucis, Vladimir ?

— Aucunement, Majesté, nous étions simplement en train de régler les derniers détails.

— Je n'ai jamais douté de vous, Vladimir, insiste l'empereur. Ce n'est pas cette fois-ci que vous allez me faire défaut, n'est-ce pas ? Le bal sera une occasion de célébrer le règne de mon illustre ancêtre, le premier tsar de Russie ! Glorifier notre lignée jusqu'à l'aube du XVIIe siècle montrera au monde la grandeur de la famille Romanov et la puissance de l'Empire.

M. Teliakovski s'incline devant Nicolas, arrivé à sa hauteur, et je comprends alors toute la responsabilité qui lui incombe. Il ne doit pas être uniquement le directeur de l'École théâtrale, mais aussi avoir la charge de tous les spectacles donnés pour la cour. Je serais stressée aussi, à sa place !

Et, s'il dit vrai, ça signifie que Marius Petipa agit comme une véritable diva !

— Bien sûr, Majesté, répond M. Teliakovski en se courbant encore une fois.

— Vous ne me dites pas tout, Vladimir, reprend le tsar, cela ne vous ressemble pas.

— C'est-à-dire que... c'est Marius Petipa, Votre Majesté, finit par avouer M. Teliakovski. Il n'a plus toute sa tête et cela commence à m'inquiéter.

— Que voulez-vous dire ?

— Il perd le spectacle de vue. Il passe des heures enfermé dans ses appartements, oublie parfois de se rendre chez Matilda Kchessinskaïa pour préparer ses solos et ne propose plus de nouveaux enchaînements aux danseurs ! Il se concentre sur des détails et, s'il continue comme ça, le ballet ressemblera davantage à une leçon pour enfants qu'à un spectacle grandiose...

Je reste estomaquée en entendant cette liste de récriminations !

Moi qui viens à peine de rencontrer Marius Petipa, il m'a pourtant paru sérieux et droit. Si M. Teliakovski dit vrai, ce ne serait là qu'une façade. Ou bien peut-être cherche-t-il seulement à démolir la réputation du maître de ballet en le diffamant devant le tsar ?

— Sur quels détails se concentre-t-il ? demande l'empereur Nicolas.

— Des choses qui me concernent, moi, le directeur ! Et puis, il y a cette histoire qui monte les ballerines les unes contre les autres, ce porte-bonheur ridicule… l'Étoile du Soir.

À ces mots, mon sang ne fait qu'un tour : voilà l'information que je suis venue chercher !

— Un bijou, c'est bien cela ? Et alors, que se passe-t-il ? insiste le tsar.

— Pour certains de nos danseurs, il s'agit bien plus d'un trophée que d'un bijou ! Quand Marius est devenu maître, il a instauré une tradition saugrenue : décerner l'Étoile au plus méritant parmi le corps de ballet. Depuis ce moment-là, danseurs et danseuses s'étripent (pas littéralement, Majesté, bien évidemment) pour l'obtenir et cela crée une tension odieuse !

Décidément, M. Teliakovski n'éprouve que du mépris pour Marius Petipa et ses idées.

— Le cristal était exhibé à la vue de tous, évidemment, continue-t-il, ce qui exacerbait encore davantage l'esprit de compétition malsaine. On peut s'estimer heureux qu'il ait disparu de sa vitrine.

Cette fois, je tombe des nues.

— Sincèrement, Votre Majesté, ce n'est pas une grande perte.

Peut-être pas pour M. Teliakovski, mais, pour moi, c'en est une.

Chapitre 6

Où l'on me fait une offre que je ne peux pas refuser

La lumière hésitante du petit jour me fait un clin d'œil entre les volets abîmés.

Je ronchonne, me tourne et me retourne sous le drap râpeux, grommelant que je m'en fiche bien, des amabilités du soleil. Je n'ai qu'une envie : DODOOO !

Quand j'entrouvre enfin une paupière, le dortoir a été déserté et Sphynx m'attend au pied du lit. Ses deux grands yeux jaunes me fixent d'un air accusateur, comme si j'avais fait *exprès* de l'abandonner pendant la nuit. Avec toute sa supériorité de chat, il juge ma faiblesse d'humaine.

— Rho, ça va..., je baragouine, un filet de bave au bord des lèvres.

Après tout, ce n'est pas lui qui enchaîne les entraînements et les explorations !

Je rampe hors du lit avec une grimace, consciente de chaque millimètre carré de muscle courbaturé, tire les couvertures à la va-vite et file me débarbouiller aux lavabos communs.

Ça va bientôt faire une semaine que j'ai talonné M. Teliakovski jusqu'au Palais d'Hiver et, depuis, les jours se suivent et se ressemblent. Entre les dix heures de danse quotidiennes et les fouilles méthodiques après le couvre-feu pour trouver le cristal, je n'ai pas un instant de répit. Je me suis installée dans le dortoir des filles mais, entre le petit lit à armature de fer forgé et les sanitaires plus ou moins dignes de confiance, on ne peut pas dire que ce soit top confort.

Qu'est-ce qu'on ne ferait pas pour sauver l'humanité !

En plus, malgré tous mes efforts, je n'ai encore trouvé aucune opportunité pour m'infiltrer dans les appartements des professeurs. Il y a toujours quelqu'un qui rôde ou bien qui me retient après le dîner ! Ce qui signifie que je vais devoir mettre les bouchées doubles !

Après avoir passé ma tenue du jour, je déguerpis vers la cantine pour le petit déjeuner.

Un brouhaha frétillant habite la grande halle et le maelström de chaises qui raclent contre le carrelage, de verres qu'on pose sur les tables et de couverts qui tintent contre les assiettes empêche de distinguer le moindre mot. Je cherche Macha et Kostia du regard et trouve rapidement une place à côté d'eux. Ils m'accueillent avec de grands sourires et Macha me serre dans ses bras, comme si on ne s'était pas vues depuis des jours – alors que, en réalité, on a discuté jusque tard dans la nuit, cachées sous nos draps, à la faveur d'une lampe à huile.

— Apparemment, annonce Kostia, Marius Ivanovitch a une surprise pour nous !

— Marius Petipa ? je précise sans réfléchir.

Je lève la main pour appeler l'un des cantiniers et, quand je pose à nouveau les yeux sur mes amis, je constate qu'ils haussent les sourcils. Je n'arrive pas à m'y faire : ils appellent le maître de ballet Marius Ivanovitch alors que je n'avais jamais vu passer ce nom dans mes recherches. Ça me déconcerte tellement que je n'arrive pas à le mémoriser et je les interroge toujours autant.

À ce que j'ai compris, la langue russe n'a pas prévu de titres de politesse pour désigner les gens, comme *Madame* ou *Monsieur*. Au lieu de quoi, pour signifier son respect, il faut employer le prénom et le patronyme de la personne – c'est-à-dire, le nom de son père.

C'est un peu le bazar dans ma tête, pour moi qui dis tout simplement *Petipa* !

Je remercie le monsieur qui me sert mon petit déjeuner, avant de reprendre :

— Quel genre de surprise ?

— Sans doute quelque chose de vraiment chouette ! s'exclame Macha.

Elle refait son chignon, mais le résultat ne paraît pas plus organisé qu'avant. Elle s'est fait une petite tache en mangeant son gruau et rigole de sa propre bêtise, sans même tenter de la nettoyer. Au contraire, Kostia lisse ses cheveux blonds avec fébrilité, les yeux brillants.

— J'aimerais tellement que ce soit un spectacle ! s'enthousiasme-t-il.

— En fait, explique Macha en voyant mon expression d'incompréhension, il arrive que des élèves de l'École soient choisis pour danser avec le corps de ballet de la compagnie Mariinsky !

— C'est un honneur exceptionnel, ajoute le garçon, mais c'est presque impossible.

Son amour de la danse est si exaltant qu'il brille comme une auréole autour de lui. J'aimerais tant qu'il puisse réaliser tous ses rêves et devenir soliste du théâtre Mariinsky !

— Depuis que j'ai quitté la Sibérie, je prie pour monter sur scène ! déclare-t-il encore. Imaginez ! Ce serait un moment inoubliable, et puis ça marquerait le début de notre carrière !

Macha hoche la tête et, comme moi, elle semble touchée par la fébrilité de notre ami.

— Si j'ai la chance de rejoindre le corps de ballet, continue Kostia, je travaillerai dur pour devenir le meilleur et me voir décerner l'Étoile du Soir. C'est le plus grand privilège !

J'entrouvre la bouche, surprise, et me remémore les propos de M. Teliakovski.

— Je croyais que le bijou avait disparu ? je demande.

— Disparu, non ! me détrompe Macha avec un petit rire. Le fait est que, avant, l'Étoile était exposée dans le couloir principal avec les autres honneurs reçus par l'École...

— Mais... ? je l'encourage, ma curiosité attisée par ses révélations.

— ... mais Marius Ivanovitch trouvait que ça générait des chamailleries inutiles entre les danseurs. Passer tous les jours devant, selon lui, finissait par empoisonner l'attitude de tout le monde.

— Maintenant, explique Kostia, il décerne le titre de manière honorifique. Plus personne n'a vu la véritable Étoile du Soir depuis des mois ! Peut-être même... un an !

Le temps que toutes ces informations se fraient un passage jusqu'à mon cerveau, Macha et Kostia se lèvent de notre banc et ramassent leurs affaires pour partir. Je les imite sans plus attendre, ne voulant pas rater le début de la leçon, mais je réfléchis déjà à mon plan d'attaque.

Dès ce soir, je vais devoir m'infiltrer chez Marius Petipa coûte que coûte.

De toute évidence, c'est lui qui détient l'Étoile !

Dans les couloirs, les discussions sont encore plus fiévreuses que d'ordinaire et le nom de Marius Petipa est sur toutes les lèvres. Quelle que soit la surprise, elle doit être de taille !

Après dix minutes d'échauffements, le maître de ballet arrive enfin, précédé de l'éternel *clac ! clac !* rythmé de sa canne. Il ne nous adresse pas un regard, encore une fois perdu dans ses pensées, mais le pianiste prend place devant son instrument avec davantage d'entrain.

Marius Petipa se tourne enfin vers nous, comme étonné de voir ses élèves assis là, sur le parquet. Il consulte sa montre à gousset, prend une grande inspiration, puis déclare :

— Vous n'êtes pas sans savoir que, cette année, Leurs Majestés Impériales le tsar Nicolas et la tsarine Alexandra organisent un bal costumé en l'honneur d'Alexis Ier...

À ces mots, un murmure enthousiaste déferle sur la salle comme un raz-de-marée.

Cet événement me dit quelque chose, en effet... Je farfouille dans ma mémoire et, tout à coup, ça me frappe : j’en ai entendu parler lorsque M. Teliakovski s’entretenait avec l’empereur ! J’ignorais que tout le monde attendait ce bal avec autant d’impatience !

— Pour l’occasion, une noble charge m’a été confiée : produire un ballet dont la beauté sera encore louée pour les décennies à venir – que dis-je : les siècles ! Pour cette occasion, j’ai décidé de choisir le conte de Coppélia, et c’est là ce que nous répétons depuis un mois

À présent, plus personne ne parle : les élèves demeurent figés et suspendus aux moindres paroles de leur maître, dans l’attente de l’annonce tant espérée. Seule Macha brise le cercle de ballerines statufiées et se penche pour chuchoter à l’oreille de Kostia, qui rougit d’un coup.

Je devine aisément ce qu’elle lui dit : il avait raison, on parle bien d’un spectacle !

— Douze d’entre vous auront la chance inestimable, reprend Petipa en faisant les cent pas devant tout le monde, de se joindre au corps de ballet pour cette représentation grandiose.

Cette fois, les exclamations explosent d'un bout à l'autre de la pièce.

— Ce qui signifie, les coupe le maître, que vous allez devoir concourir. Seuls douze élèves pourront se rendre au Palais d'Hiver et danser sous les regards de Leurs Majestés, avec la chance d'intégrer le corps de ballet à l'issue du spectacle. Aujourd'hui, vous devez faire vos preuves, reprend-il après un temps, et n'oubliez pas ce qui est en jeu, ici.

Il cesse ses allers-retours et fouille la poche de son pantalon.

Soudain, une rivière glacée se répand dans mes veines.

Dans le creux de sa paume, un écrin de velours noir attire toute l'attention. Il l'ouvre avec une lenteur calculée et, à l'intérieur, il révèle un minuscule pendentif serti d'une pierre…

… ou, plutôt, d'un cristal !

Tout le monde retient son souffle.

L'Étoile du Soir scintille sous nos yeux ébahis.

— Le bijou des *primas* couronnera la meilleure prestation, lors du ballet, que ce soit parmi les rangs des danseurs aguerris ou chez vous, jeunes étudiants. Alors, que le meilleur gagne !

En un éclair, le cristal a disparu.

Mais ma résolution, elle, est plus tenace que jamais.

Je dois faire partie des douze élus pour poursuivre ma quête jusqu'au bout !

Chapitre 7

Ou comment les scientifiques font des découvertes explosives

Toute la journée, une tension glacée s'empare de l'École théâtrale.

Depuis l'annonce de Marius Petipa, les élèves épient les moindres gestes de leurs adversaires potentiels. Au réfectoire, on se distribue des coups d'œil méfiants et, en classe, c'est à peine si les compétiteurs ne s'attaquent pas les uns les autres ! Tout le monde veut réussir...

... et je ne fais pas exception !

L'Étoile du Soir brille encore dans ma mémoire.

Je n'en reviens pas d'être passée à côté pendant tout ce temps !

Si je suis retenue aujourd'hui, c'est une chance en plus de la récupérer : suivre le corps de ballet jusqu'au Palais d'Hiver me permettrait de surveiller Petipa où qu'il aille !

L'idée d'échouer me tenaille l'estomac : je donne le meilleur de moi-même toute la journée, tant et si bien que la fatigue se fait ressentir ! Alors que je pensais avoir traversé cette épreuve sans encombre, je manque de me casser la figure pendant un enchaînement (pourtant pas sorcier). C'est comme si l'angoisse avait lacé les rubans de mes pointes ensemble ! Cette fois, j'ai bien l'impression que c'en est fini pour moi mais, quand l'heure du verdict arrive, il s'avère que je me suis emmêlé les neurones pour rien.

Macha, Kostia et moi faisons partie des douze finalistes !

Ouuuf... !

Dans la salle, mon soupir de soulagement attire les regards noirs des concurrents recalés. Macha n'essaie pas de feindre l'humilité : elle sautille de joie et nous

serre dans ses bras à tour de rôle, Kostia et moi ! Les perdants la dévisagent, peinant à simuler le fair-play. On dirait presque l'équipe de Quidditch de Serpentard quand les Gryffondor remportent un match !

Ce n'est pas très joli à voir, je peux vous l'assurer !

Vaincus et vainqueurs se précipitent en même temps hors de la salle, pour enfin échapper à cette atmosphère de concurrence malsaine. On manque presque de renverser le maître de ballet, qui s'agrippe à sa canne pour résister au mouvement de foule qui menace de l'emporter !

Macha et Kostia ont disparu dans la marée mais, de toute façon, j'ai d'autres plans pour la soirée : je vais attendre que Marius Petipa se rende à la répétition particulière qu'il réserve quotidiennement à Matilda et j'irai faire un tour dans ses appartements ! Je passe par les dortoirs, attrape ma combinaison d'espionne et fais signe à Sphynx de me suivre.

À la tombée de la nuit, je me faufile dans le couloir comme une ombre silencieuse. Avec mon chat, on se glisse jusqu'aux beaux appartements des professeurs.

Grâce aux boîtes aux lettres, je trouve facilement la porte de Marius Petipa.

CRAC !

HAAA !

Je retiens tout juste le cri qui menace de franchir mes lèvres. Si le sol continue de craquer sous mes pas et que l'on me surprend en train de pénétrer par effraction chez Petipa, je suis cuite !

Et dire que je me flattais d'être silencieuse une seconde auparavant !

En réalité, mes bottes atténuent l'impact de mes pas sur le sol, mais elles ne peuvent rien contre les lattes de parquet récalcitrantes. Je me dépêche de crocheter la serrure et de m'engouffrer dans la pièce. Sphynx, terrorisé par ma maladresse, s'est jeté à l'intérieur et tremble encore de tous ses membres. Décidément, ce chat serait effrayé par son ombre…

J'explore les lieux en reprenant ma respiration. Une odeur de bois ciré, de vieux cuir et de livres anciens épaissit l'atmosphère du salon, dont les contours s'esquissent à la lueur de mon InstaCorps. J'inspecte les guéridons, les étagères de la bibliothèque et même le canapé fatigué, mais si le maître de ballet a laissé l'Étoile chez lui, elle ne se trouve pas ici.

Déçue, je passe donc à sa chambre, une pièce triste au lit défait. Je braque le faisceau de ma torche vers la table de nuit, mais n'y découvre qu'un petit carnet noirci d'enchaînements de danse et de croquis de costumes. De l'autre côté du salon, une seconde porte me tend les bras et je pénètre ainsi dans le bureau de Marius Petipa.

La petite écritoire disparaît dans un océan sans fin d'ouvrages et de cahiers, qui s'amoncellent sur le sol et sur toutes les surfaces disponibles. Sans faire attention, je marche sur un porte-plume en métal qui – *aïe, aïe, aïe !* – décide de me piquer les orteils ! Avec précaution, j'examine les piles de documents, où le maître aurait pu déposer le cristal en passant.

Mais non, ce serait trop simple.

Je serpente dans le dédale étrange de mots imprimés ou manuscrits, scrutant chaque miette de papier effrité, chaque tache d'encre, chaque titre de livre. Les manuels pratiques de danse classique côtoient les partitions de musique et les indications des compositeurs...

... et aussi...

— Par la barbe de Dumbledore !

Cette fois, je n'ai pas pu retenir mon exclamation.

Au milieu de l'écritoire s'étendent des notes qui n'ont rien à voir avec la danse !

Sur un papier brouillon, je reconnais le dessin ébauché à main levée : c'est l'Étoile du Soir. Des suites de chiffres, des flèches et des mesures l'encadrent, ainsi que des phrases en français, mais tellement fébriles et tremblantes que je ne parviens à déchiffrer que les points d'interrogation.

Qu'a-t-il bien pu apprendre sur le cristal ?

Le cœur battant la chamade, je parcours les documents des yeux avant de les prendre en photo avec mon InstaCorps. Je compte laisser le bureau intact, donc je vais devoir replacer chaque feuillet au millimètre près. C'est à ce moment précis que Sphynx choisit de se manifester.

Apparemment, la frayeur de Monsieur est passée !

D'un bond, il atterrit sur le bureau et, estimant que c'est la position la plus pratique pour déchiffrer les notes de Petipa, décide de se rouler dessus et de jouer avec les flacons d'encre.

— Merci de ton aide précieuse !

Avant qu'il ne puisse renverser quoi que ce soit, je le pousse en ronchonnant que *j'ai-du-travail-figure-toi*, puis j'étudie chaque élément l'un après l'autre. J'attrape un dossier dans lequel je tombe sur des coupures de presse en différentes langues. L'une d'elles, tirée d'un journal scientifique, est illustrée d'une photo en noir et blanc exposant une pierre à l'aspect tristement banal... pour les profanes !

Le titre de l'article me saute aux yeux :

LES VESTIGES DE LA MÉTÉORITE ÉRIS AU MICROSCOPE

Les roches les plus explosives depuis l'ère glaciaire

Explosives.

EXPLOSIVES ?!!

Le mot résonne comme une alarme incendie dans mon cerveau.

Complètement affolée par ce que je viens de trouver, je cherche ce que Marius Petipa pourrait bien faire d'une roche aussi dangereuse ! Pendant près d'une demi-heure, je retourne chaque document, examine chaque pile de livres, jusqu'à ce que je vide le tiroir de l'écritoire. En toquant à l'intérieur, j'entends l'écho

caractéristique d'un double-fond et je croise les doigts, les orteils et tout ce que j'ai pour que le cristal s'y trouve... mais non, bien évidemment.

En revanche...

— Mais ?

Sous la fine planche de bois, je découvre une liasse de tracts plus ou moins similaires, dont les mots

en cyrillique m'échappent. En un clin d'œil, je détache mon ras-du-cou : le petit pendentif en demi-cercle, loin d'être banal, dissimule en réalité une lentille qui me permet de lire toutes les langues du monde ! Je positionne l'anneau argenté sur le texte et suis frappée par les mots et les images. Ils évoquent tous une révolte armée et dénoncent les conditions de vie horribles des paysans et des ouvriers russes. Avec, je trouve également un petit livre rouge et une note de la main de Petipa : elle indique qu'une réunion doit avoir lieu...

... CE SOIR !

Ni une, ni deux, je me saisis de mon alpha-sequor et localise le maître de ballet. À cette heure-ci, il devrait se trouver chez Matilda pour leurs répétitions particulières, ou bien au théâtre du Palais d'Hiver pour des réglages techniques. Pourtant, j'ai du mal à le trouver, et pour cause !

Le point en surbrillance qui l'identifie se déplace à toute allure ! Il fuse à travers Saint-Pétersbourg vers un quartier où je ne l'ai jamais vu auparavant.

Il a dû emporter le cristal avec lui, ça ne fait aucun doute !

Sans me poser plus de questions, je me lance à sa poursuite.

Il ne m'a fallu que quelques minutes pour m'infiltrer dans les dortoirs des garçons, rafler une tenue masculine et me déguiser. Même en ce début de XXe siècle, les filles n'ont toujours pas le droit de se promener seules le soir, alors mieux vaut parer à toute éventualité !

En un quart d'heure à peine, j'ai eu le temps de téléphoner à Fitz, qui a fini par confirmer (bon gré, mal gré) que les cristaux avaient de petites, minuscules, ridicules propriétés explosives. Il a tenté de me rassurer en arguant que jamais elles ne pourraient se déclencher comme ça, mais il ne m'en fallait pas davantage : j'ai retrouvé la piste de Petipa et l'ai suivi directement dans un vaste entrepôt. À présent, je me trouve dans ce qui ressemble à l'imprimerie d'un éditeur !

Je me glisse entre les machines aux rouleaux gigantesques, les yeux sur l'écran de mon alpha-sequor et les oreilles aux aguets. Le silence de l'endroit évoque le calme de la lecture – ce qui me donnerait presque de l'urticaire – parce que les presses sont à l'arrêt pour la nuit. Seul le brouhaha lointain d'une foule agitée parvient d'une porte entrouverte et rompt l'atmosphère pesante des lieux. Je profite de la solitude du hangar pour le traverser sans trop de précautions. Lorsque je parviens près de la porte, je me tapis dans l'embrasure, jette un œil dans la pièce adjacente et, constatant que les conversations vont bon train, m'infiltre de l'autre côté.

À l'intérieur, des petites grappes d'hommes en costume et de jeunes ouvriers discutent avec animation. Des bureaux en pagaille les séparent et, sur les murs autour d'eux, s'étalent de grands tirages du même journal : je me trouve donc, non pas chez un éditeur, mais dans une rédaction !

Quel intérêt y aurait-il à apporter un matériau explosif ici ?

Mon regard parcourt l'assemblée et je finis par repérer Marius Petipa.

Je ne peux pas m'empêcher de baisser aussitôt la tête, malgré mon déguisement !

Je compte bien sur la multitude de bérets pour me fondre dans la masse.

— ... étonné de vous voir ici, Vladimir Ilitch ! déclare un homme à côté de moi.

— Je vous croyais en exil, affirme un deuxième.

— Eh bien, messieurs, se félicite un troisième, la police impériale ne peut guère chasser un individu dont elle n'a jamais entendu parler ! J'ai emprunté une autre identité pour l'occasion, les faussaires suisses excellent dans leur domaine. Je n'allais pas manquer un tel événement !

Le dernier homme à avoir pris la parole est un petit personnage aux cheveux noirs et à l'allure distinguée. Malgré son visage de souris et son air pincé de premier de la classe, il dégage une assurance et un charisme qui hypnotisent son auditoire. Même moi, je suis scotchée !

— Avoir quitté la terre de mes pairs, ajoute-t-il avec sérieux, ne m'empêche pas de connaître la tyrannie qui y sévit. En Europe mieux qu'ici, à cause de la censure, on peut compter le nombre de Russes affamés et terrorisés par le régime des tsars. Mes amis, continue-t-il avec d'amples gestes d'orateur, nous devons lever l'insurrection armée du peuple entier !

Ses compagnons acquiescent d'un air solennel, captivés par ses paroles.

De mon côté, je ne suis pas certaine de tout comprendre, mais je hoche la tête malgré moi.

— Allons parler à Marius Ivanovitch, propose Vladimir Ilitch en murmurant, cette fois. J'ai entendu dire qu'il avait construit une machine très puissante pour attaquer le Palais d'Hiver...

Il poursuit en s'éloignant, mais je n'écoute plus.

C'est bien ce que je pensais : Marius Petipa a fabriqué une bombe !

Chapitre 8

Où les réunions secrètes font couler beaucoup d'encre

Je visse ma casquette sur mon front et je fends la foule.

Quand je l'ai attrapée dans le dortoir des garçons, plus tôt dans la soirée, je n'ai pas pu m'empêcher de me dire qu'elle datait – au moins ! – de l'époque de Mathusalem. Avec ça sur la tête, j'étais persuadée de ressembler à un papi ou à la mécanicienne dans le vieux Disney *Atlantide, l'empire perdu* ! N'empêche que, grâce à elle, je peux camoufler mon visage !

Imaginez un peu, si Marius Petipa me repérait !

Hommes et garçons, qu'ils soient journalistes, ouvriers ou autre, ne me prêtent aucune attention. Ils poursuivent leurs discussions, un verre à la main et des lunettes sur le nez. Ils paraissent si indifférents que je me demande s'ils savent que, dans leurs rangs, se trouve une pierre prête à exploser !

Lorsque je parviens près de Marius Petipa, il est en train d'échanger des banalités avec un jeune homme à la calvitie précoce. Le dénommé Vladimir Ilitch les rejoint et tapote l'épaule du maître de ballet.

— Marius Ivanovitch, l'interpelle-t-il pour couper sa conversation.

— Mon cher Lénine ! s'exclame l'intéressé en serrant la main de Vladimir.

Lénine ?

Décidément, je ne me ferai jamais au bazar des noms russes ! Est-ce qu'ils ne pourraient pas se cantonner à deux, comme tout le monde ?

— Je suis ravi de vous voir de retour, poursuit Marius Petipa. Le Parti n'est rien, sans vous.

— Allons, ne dites pas de bêtises, rit Vladimir Ilitch Lénine (à vos souhaits) avec une fausse modestie frappante. Je milite à travers toute l'Europe. La justice n'est pas qu'une affaire russe !

Comme précédemment, tout le monde boit ses paroles.

— Et si vous nous présentiez votre projet ? ajoute Vladimir, avant de s'écrier subitement pour que tout le monde l'entende : Votre attention ! Votre attention, s'il vous plaît !

Pris de court, le maître de ballet se racle la gorge avec embarras.

— Il y a quelque temps, explique-t-il d'une voix forte, j'ai découvert l'existence d'une roche peu commune. Il s'agit d'un fragment de météorite et le fait est que, sous certaines conditions, elle peut provoquer une déflagration parfaitement maîtrisée. Cette roche, mes très chers amis...

Je l'écoute avec une attention redoublée et mon sang ne fait qu'un tour. Je me prépare, tous mes sens aux aguets, prête à lui arracher le cristal dès qu'il le dévoilera à son public !

Je l'observe intensément, mes yeux plus perçants que ceux d'un oiseau de proie.

— ... n'est autre que...

Il fouille dans la poche de son pardessus.

— ... que...

Il fouille *encore* dans la poche de son pardessus.

Il fronce les sourcils et mon cœur menace de s'arrêter, quand soudain :

— Elle était là il y a une seconde ! hurle-t-il.

Il retourne ses poches, fourrage dans son manteau et cherche désespérément la roche si précieuse qu'il promettait de présenter. J'écarquille les yeux, ne comprenant que peu à peu ce qui est en train de se dérouler. Cette fois, le cristal a vraiment disparu : Marius Petipa l'a perdu !

De retour à l'École, ce soir-là, je me débarrasse de mon déguisement ridicule et m'effondre sur mon lit. Ce n'est que le lendemain matin que je raconte la débâcle à Sphynx, qui ne semble pas comprendre à quel point la situation est dramatique : j'avais enfin une piste en béton armé pour retrouver le cristal, et il disparaît comme ça, sans laisser de trace !

Pour moi, c'est retour à la case départ.

C'était bien Marius Petipa qui avait l'Étoile mais, à présent, quelqu'un d'autre l'a volée.

Mais qui ?

Après le petit déjeuner, je me traîne jusqu'à la salle de répétition sans aucune motivation. Entre mes journées d'entraînement et mes nuits sans sommeil, je suis un véritable zombie !

Je me prépare mentalement à sourire, le devoir ab-so-lu de toute ballerine qui se respecte, quand j'aperçois tout à coup la silhouette du maître de ballet dans le couloir.

Il semble furieux et parle... avec Matilda !

— Marius, chuchote-t-elle avec crainte, cessez cette folie, je vous en conjure !

— Folie ? s'étrangle-t-il, son murmure brisé par l'éclat de sa colère.

Matilda lui saisit le bras, comme pour le ramener à la raison. Cette fois, ses larmes s'entendent presque lorsqu'elle parle :

— Vous ne vous rendez pas compte, ce n'est pas possible...

— C'est vous qui ne vous rendez pas compte, ma pauvre amie, rétorque le maître de ballet en se dégageant brusquement. Vous m'avez volé l'Étoile, n'est-ce pas ? Rendez-la-moi !

— Est-ce que vous vous entendez, Marius ? Je n'ai pas pris l'Étoile du Soir et je ne comprends pas le rapport. Nous parlons d'enlèvement... d'assassinat ! Les Rouges vous ont lavé le cerveau.

Matilda peine à prononcer ces mots.

Même moi, qui connais les intentions de Marius Petipa, je frémis en les entendant.

— Les Rouges, comme vous dites, s'emporte-t-il, sont bien les seuls Russes qui voient clair dans le jeu des Romanov ! Ouvrez les yeux, Matilda : cette famille, la royauté, les systèmes politiques qui gouvernent le monde aujourd'hui s'enrichissent sur le dos du peuple ! Lénine et ses partisans entendent renverser les régnants et installer des hommes justes au pouvoir !

Il appuie chaque syllabe en gesticulant de sa canne et je cille à chacun de ses mouvements.

— Encore une fois, vous détournez la conversation, Marius, rétorque Matilda avec virulence. Je vous ai déjà dit que je ne m'opposais pas à l'utopie en laquelle vous croyez...

— Vous parlez d'utopie comme si vous pensiez que nous allions échouer.

— Je n'en ai pas la moindre idée ! le coupe-t-elle, son irritation de plus en plus perceptible. Moi aussi, je rêve d'un monde plus juste et d'une politique qui s'intéresse davantage au peuple de toutes les Russies. Mais ce n'est pas une raison pour blesser des innocents.

— Des innocents ? vocifère Marius Petipa avec un rire qui frôle l'hystérie. Nous parlons de Nicolas Romanov, pauvre enfant ! Un homme qui cautionne l'esclavage de centaines de vos compatriotes, réduits au servage dans les champs et les usines, un homme qui emprisonne ses opposants sans l'ombre d'un procès et qui règle ses problèmes par la torture et l'exécution !

À ces mots, Matilda commence à sangloter lentement. Je la vois, dans l'ombre du corridor, secouée de spasmes incontrôlables dans sa belle robe bleue aux manches bouffantes.

De mon côté, je suis sous le choc. Ce discours me rappelle ce que j'ai entendu hier soir.

Si j'ai bien compris, Marius Petipa et les hommes qui discutaient hier dans la rédaction du journal veulent renverser le pouvoir du tsar parce que c'est un tyran. Pour ma part, je ne l'ai pas trouvé si méchant, cet empereur, mais les allégations contre lui sont quand même troublantes !

Est-ce qu'il se soucie aussi peu du sort des pauvres ?

Est-ce qu'il enferme ses opposants sans procès pour rester au pouvoir ?

Est-ce que l'attaque contre lui, finalement, serait justifiée ?

Dans mon cerveau, les pensées défilent à une vitesse supersonique. Après tout, j'ai bien entendu Vladimir Ilitch (que Marius a appelé Lénine) avouer qu'il était entré sur le territoire russe avec de faux papiers. A-t-il été forcé d'agir ainsi parce que c'est un terroriste ou parce que Nicolas Romanov est un horrible dictateur ? Et puis, il y a Kostia…

Dès le jour où je l'ai rencontré, il a évoqué les conditions de vie de sa famille. Il n'en a pas parlé en détail, mais ça suffisait pour comprendre que ce n'était pas de tout repos…

— Vous ne connaissez que l'empereur, hoquette Matilda en tentant de rester digne. Vous ne connaissez pas l'homme. Il est écrasé par le poids de toutes ces nations dont il a la charge, par l'économie, la famine et les alliances qu'il doit maintenir coûte que coûte. Il a fait des erreurs, beaucoup d'erreurs, mais comment pouvez-vous envisager de vous en prendre à ses enfants ?

Un cri de stupeur remonte dans ma gorge et je plaque mes deux mains sur ma bouche.

Marius et Matilda pivotent vers moi d'un même mouvement et je me recroqueville contre le mur pour m'assurer qu'ils ne m'aperçoivent pas. Ils reprennent leur conversation à voix basse, mais ça ne change rien pour moi – je n'écoute plus.

Je glisse lentement sur le sol, comme si tous mes muscles faisaient sécession.

Je voudrais avoir mal entendu.

Marius Petipa et les partisans de Lénine ne veulent pas simplement destituer le tsar Nicolas. En réalité, ils projettent de s'en prendre à toute sa famille : sa femme, ses filles et son fils !

Je comprends pourquoi : en mettant un terme à la dynastie des Romanov, ils pensent que ça exterminera la monarchie pour toujours ! Si les enfants de Nicolas II ne peuvent jamais monter sur le trône, peut-être que ça laissera une chance à la démocratie d'exister.

Mais ça ne justifie pas de faire du mal à des enfants !

JE DIS NON !

Je ne peux pas les laisser faire !

Je dois retrouver le cristal avant eux.

Je dois mettre un terme à leurs plans.

En moi, je sens une énergie nouvelle bouillonner et se répandre dans mes veines comme la lave d'un volcan. Je me lève et m'apprête à partir, quand j'entends soudain des voix :

— Pas un geste !

— Matilda Feliksovna Kchessinskaïa, vous êtes en état d'arrestation...

Je bondis et me retourne pour découvrir deux policiers armés.

— ... pour tentative d'assassinat et haute trahison.

— Veuillez nous suivre, s'il vous plaît.

Les deux hommes en uniforme empoignent Matilda par les bras et elle semble bien trop stupéfaite pour réagir ! À côté d'elle, Marius reste immobile, mais il ne paraît pas surpris.

— Ma chère amie, lui dit-il sur un ton glacé, vous avez déjà causé assez de soucis comme ça. Votre manque de discernement me désole, mais je n'avais pas le choix.

— Marius ! s'indigne Matilda, estomaquée. Vous ne pouvez pas faire ça !

Elle commence enfin à se débattre, mais les policiers l'entraînent malgré elle.

— Il ment ! s'époumone la ballerine. Ce n'est pas ce que vous croyez !

Lorsqu'elle a finalement disparu, emmenée je-ne-sais-où pour être interrogée – *ou pire !* – Marius Petipa fait claquer sa langue avec consternation. Il retourne de son pas claudiquant vers la salle de répétition, où je le suis, la mort dans l'âme. Il annonce alors aux élèves que Matilda ne sera pas parmi nous pour la représentation et qu'elle sera remplacée.

Le lendemain matin, la presse à scandale s'empare de l'affaire.

Les gros titres l'affirment : elle a été enfermée à la prison de Kresty.

Chapitre 9

Où je fais un tour en prison sans passer par la case départ

Loin de m'abattre, l'arrestation de Matilda me force à reprendre mon enquête.

Plus question de m'apitoyer sur mon sort !

Je ressasse la discussion qu'elle a eue avec Marius Petipa avant qu'il ne la piège. Je me la repasse en boucle, encore et encore, peut-être plus que mon vinyle de Nirvana !

Dès le lendemain soir, je suis de retour chez elle en mode ninja : si les accusations du maître de ballet sont fondées, Matilda a réussi à lui subtiliser le cristal sans que je m'en rende compte. Avant même de mettre un pied dans le manoir, je suis persuadée (disons à 99,98 %) que ce n'est pas le cas. Après tout, elle répète en tête-à-tête avec Marius Petipa depuis des années ! Si elle avait voulu s'accaparer le bijou, elle aurait agi depuis longtemps !

Je m'infiltre donc dans la belle demeure de Matilda mais, comme prévu, je ne trouve rien.

Une autre possibilité, si j'en crois les conjectures de Marius Petipa, c'est que Matilda ait bel et bien dérobé l'Étoile du Soir et qu'elle l'ait portée sur elle lors de son interpellation.

Et ça, ça voudrait dire...

... que je dois me rendre à Kresty, et plus vite que ça !

Ni une, ni deux, je me mets en route, vêtue de ma super-combi d'espionne en uchronium ! N'ayant absolument aucune idée de la route à suivre, je dégaine mon InstaCorps et attends que M. François-Ferdinand Fitzpatrick – *aka* Fitz – daigne décrocher.

— Je commençais à m'inquiéter ! tempête-t-il en tournant sur sa chaise d'ordinateur.

Son visage un peu échevelé prend bientôt tout l'écran du faux miroir de poche.

— Ça ne va pas ? Tu as un problème ? me demande-t-il enfin.

— J'ai peut-être une piste, mais j'ai besoin de ton aide.

Je lui détaille les tours et détours qu'ont pris mes recherches et lui explique que je me rends dans la prison impériale pour récolter, au mieux le cristal, sinon des informations.

— N'en dis pas plus ! s'exclame-t-il avec fierté. Je géolocalise Kresty pour toi, *hop !* et je t'envoie *illico* le plan de la prison, *zou !* C'est tout ce qu'il te fallait ?

Avec un sourire satisfait, je constate que les deux documents sont déjà dans mon appareil, prêts à être utilisés. Je remercie mon informateur et consulte les données à ma disposition. La prison se situe sur les bords de la Nera, non loin du musée de l'Ermitage.

En moins de temps qu'il n'en faut pour le dire, j'arrive près du fleuve et m'élance prestement sur le pont. Mon chat me devance et bondit rapidement sur l'autre rive, où s'étend la silhouette endormie d'un long bâtiment. Couronné d'un dôme blanc et solennel, il possède également une haute tour famélique qui exhale en continu un épais panache de fumée noire.

Avec tout ça, Kresty me fait penser à un énorme monstre cracheur de feu.

Peut-être pas un Magyar à pointes, mais quand même !

C'est ultra-rassurant, dites donc !

Cinq gardes armés de fusils, flanqués de deux molosses, se tiennent postés de chaque côté de la porte principale, tandis que d'autres militaires arpentent le chemin de ronde avec rigidité.

Il va falloir faire preuve d'inventivité, si je veux pénétrer à l'intérieur !

J'avise une entrée de service, sur le côté : elle n'est pas gardée, mais l'emprunter m'obligerait à passer devant les contingents de surveillance...

J'échange un regard entendu avec Sphynx : on a un plan.

Je le laisse prendre de l'avance et, dès que j'entends les premiers aboiements rageurs des molosses, je me précipite hors de ma cachette et m'élance vers la prison. Comme je l'ai planifié, la présence de mon chat a réveillé l'instinct de chasseur des deux chiens. Ils tirent sur leurs laisses, les babines écumantes de bave, et entraînent leurs maîtres derrière eux. Malgré sa proximité, personne ne semble avoir remarqué Sphynx : avec son pelage de nuit, même moi, je peine à distinguer ses contours dans les ténèbres. Les gardes se consultent, inquiets.

— Qui va là ? tonne l'un d'entre eux.

— Montrez-vous ! fait écho son voisin.

— Les mains bien en vue et pas de bêtise ! menace un troisième.

Sphynx tente sa chance et, avec indolence, s'approche des bêtes pour leur taquiner le museau du bout des pattes. Il leur arrache des rugissements, juste avant de faire volte-face et de se carapater loin de la prison. C'en est trop pour les molosses enragés, qui aboient de plus belle et s'arrachent à la prise des deux

maîtres-chiens. L'un d'eux fait un vol plané et atterrit sur le sol dans un *crac !* retentissant, tandis que le deuxième part en arrière, surpris par la violence de son animal. Leurs collègues foncent à la suite de Sphynx sans réfléchir et, sur le chemin de ronde, tous les soldats se sont massés au même endroit pour assister à la scène.

La diversion a fonctionné : à moi de jouer, maintenant !

À présent que la voie est libre, je me hâte de contourner le mur de brique de Kresty avant de crocheter habilement la porte de service. Sans un bruit, je la referme derrière moi et allume la torche de mon InstaCorps : l'intérieur s'avère tout aussi lugubre que l'extérieur, avec ses peintures écaillées et ses canalisations apparentes. J'entends à peine un grincement lointain et le goutte-à-goutte lancinant d'un robinet qui fuit mais, hormis ça, pas un murmure, pas un souffle.

On pourrait se croire dans un cimetière.

Je consulte discrètement le plan que Fitz m'a envoyé et note les différentes informations qui y sont attachées : numéro de cellule de Matilda, nombre de gardes moyen par détenu et systèmes d'aération (en espérant ne pas avoir à en arriver là). Je m'infiltre dans les ténèbres, tous les sens aux aguets et ma destination bien en tête.

Lorsque je monte à l'étage du quartier des femmes, une matonne surveille le couloir.

Du moins, elle le surveille dans ses rêves, parce qu'elle s'est assoupie sur une chaise en haut des escaliers. La tête renversée en arrière, elle a perdu son béret – et sa dignité – et ronfle plus bruyamment qu'une horde de Carlins enrhumés. J'esquisse une petite danse de la victoire, assez vite écourtée (parce que je n'ai pas que ça à faire), avant de m'emparer du trousseau de clés qui pend à sa ceinture. Inquiète à l'idée que le tintement métallique ne la réveille, je m'éclipse aussitôt et me fonds à nouveau dans le noir en comptant les numéros au-dessus des portes.

Lorsque je pénètre dans la cellule de Matilda, deux femmes restent endormies dans les lits superposés, mais deux autres se réveillent en sursaut et se redressent sur leurs séants.

Mon visage doit être éclairé par l'écran de mon InstaCorps, car Matilda ouvre de grands yeux.

— Orphéa ? demande-t-elle d'un ton interrogateur.

Elle ramasse ses draps sur elle, comme pour cacher l'indécence de sa nouvelle condition, et ses paupières papillonnent de sommeil. Je voudrais me précipiter auprès d'elle pour lui assurer que tout ira bien, mais je ne veux pas l'effrayer. Je m'approche tout doucement et lève la tête vers elle.

— Qui est-ce, Matilda Feliksovna ? s'alarme la codétenue de Matilda depuis le lit du dessous.

— Je... Je ne..., balbutie la ballerine, incapable d'articuler un mot.

— Matilda, je chuchote en réalisant à quel point ma présence est déroutante. Je suis désolée de vous avoir fait peur. J'ai découvert des choses horribles, j'ajoute en pensant aux propriétés explosives du cristal, et j'ai désespérément besoin de votre aide...

Je parle vite, trop vite, incapable de contenir mon empressement.

Matilda demeure bouche bée mais, en dessous d'elle, je remarque que sa compagne de cellule a les yeux braqués sur les clés que je tiens encore dans les mains. Je me rends compte de ma bêtise.

— Je peux vous aider à sortir, j'ajoute, mais il faut agir vite !

Matilda fronce les sourcils : elle doit penser rêver.

— Agir ? répète-elle, confuse. Mais, Orphéa, comment es-tu entrée ici ?

Sa codétenue s'empare des clés dans ma main, incrédule elle aussi.

Elle s'apprête à s'habiller et à empaqueter le reste de ses affaires, quand Matilda l'interrompt.

— Que faites-vous, Olga Sergueïevna ? dit-elle d'un ton qui ne souffre aucune réplique.

Puis elle s'adresse à moi d'une voix radoucie :

— Nous ne pouvons pas nous enfuir, c'est impossible. Dans le cas où nous sortirions de la prison saines et sauves, qu'adviendra-t-il de nous à l'extérieur de ces murs ? Nous échapper reviendrait à avouer notre culpabilité et la police n'aura de cesse que de nous retrouver. Et alors, quoi ? Nous serons exécutées !

— Exécutées ? je me récrie.

Olga Sergueïevna secoue la tête et, d'un air las, retourne prendre place sur les couvertures miteuses. Le murmure de notre conversation et l'agitation de la cellule ont dû perturber le sommeil des deux autres prisonnières, car elles ouvrent les yeux tour à tour.

L'une d'entre elles plaque deux mains sur sa bouche en me voyant, tandis que l'autre tente de se rendormir (sans doute convaincue que je ne suis que le fruit de son imagination).

— Évidemment ! affirme Matilda. L'empereur n'hésitera pas une seule seconde. Tu sais, j'ai appris à aimer le tsar de tout mon cœur, mais il pourrait me tuer en un claquement de doigts et personne ne pourrait l'en empêcher. Cela t'étonne-t-il tant que ça, Orphéa ?

Incertaine de la réponse attendue, je hausse les épaules.

Se peut-il que les enfants russes de mon âge sachent tout ça ?

Je n'arrive pas à croire que la peine de mort soit si commune.

— Orphéa, reprend Matilda en voyant que je ne réponds pas, tu ne sais donc pas que, dans les campagnes, les serfs sont à la merci de leurs seigneurs ?

De la même manière, il suffirait que l'Empereur donne un ordre pour que nous soyons exécutées. J'aime ma patrie plus que je ne pourrais l'exprimer, mais la vie des Russes est loin d'être facile. Beaucoup meurent injustement.

Mon cœur se ratatine dans ma poitrine et les larmes me montent aux yeux.

Elle prend une grande inspiration, avant de poursuivre :

Je ne voulais pas y croire ou, plutôt, je me cachais la vérité malgré les avertissements de Marius. Je ne peux pas tolérer sa méthode, je… je ne peux pas cautionner la violence avec laquelle lui et les Rouges veulent renverser le tsar… mais ça ne peut pas continuer ainsi.

— Alors, qu'est-ce qu'on peut faire ? je demande, complètement déboussolée.

— Je ne sais pas, Orphéa, je ne sais pas.

Dans la faible lumière de mon InstaCorps, je distingue les larmes qui dévalent ses joues.

— J'aurais dû arrêter Marius avant qu'il ne me fasse enfermer. Si j'avais agi plus tôt, au lieu d'essayer de le raisonner, il n'aurait pas pu menacer la famille impériale... Il faut l'empêcher de s'en prendre à des innocents et, après seulement, nous pourrons réfléchir à la politique.

— Je vais le faire !

Olga et Matilda sursautent, surprises par mon ton déterminé.

— Je vais arrêter Marius Petipa. C'est pour ça que je suis venue vous trouver ! J'ai entendu votre conversation et je sais pourquoi il vous en veut : il pense que vous êtes responsable de la disparition de l'Étoile du Soir ! Il... il croit que c'est un explosif puissant...

Mes mots s'étranglent dans ma gorge.

Matilda, quant à elle, secoue la tête avec dépit.

— Il a perdu l'esprit, ce n'est pas possible. Ce bijou n'est qu'un symbole, rien de plus.

Elle réfléchit quelque temps, avant d'ajouter :

— Avec ou sans cette pierre, quoi qu'il en soit, il trouvera un moyen de blesser l'Empereur. Orphéa, ajoute-t-elle en prenant mes mains entre les siennes, tu dois prévenir Nicolas et sa famille. Je me demande qui a bien pu prendre l'Étoile du Soir. C'est avant tout un bijou honorifique, un petit porte-bonheur tout au plus… Ça ne peut être l'œuvre que d'un concurrent direct de Marius et tout me pousse à croire qu'il s'agit de Fokine.

Ce nom résonne dans mon esprit et fait ressurgir des souvenirs. Il me semble l'avoir croisé au gré de mes recherches, avant ma mission, et l'avoir entendu de la bouche de Matilda elle-même !

Je le grave au plus profond de ma mémoire et repars de la prison.

Un regard en arrière réduit mon cœur en miettes.

Chapitre 10

Ou comment Saint-Pétersbourg prend des airs d'Agrabah

Entre chacune de mes excursions en quête du cristal, je reviens à l'École théâtrale malgré l'atmosphère tendue qui y règne. Je ne veux pas m'absenter trop longtemps et risquer l'expulsion, sans quoi je perdrais mon avantage sur Marius Petipa.

Je dois continuer à le surveiller coûte que coûte et, pour ce faire, il faut que je reste en lice !

Parce que, maintenant que son plan A est tombé à l'eau, qui sait ce dont il est capable ?

Lors des répétitions, aujourd'hui, il se transforme progressivement en un vieux grigou irascible et frôle parfois la méchanceté ! Macha, d'ordinaire un rayon de soleil, ne sourit plus beaucoup et ronge ses ongles quand elle croit qu'on ne la voit pas. Kostia lui-même, qui ne dit jamais un mot de travers, ne parvient pas à comprendre le comportement mesquin de Petipa...

Autant vous dire que je ne suis pas mécontente de me glisser hors de l'École quand vient le soir ! Il doit être 17 heures et le soleil est déjà bas sur les toits de Saint-Pétersbourg mais, malgré mes courbatures, je dois absolument rencontrer Mikhaïl Fokine !

Après mon aller-retour à la prison, j'ai dû consulter les informations à ma disposition *via* l'InstaCorps. Lors des recherches que j'ai faites avant de partir en mission, j'avais appris qu'il s'agissait d'un avant-gardiste des Ballets russes, une compagnie naissante fondée par un certain Sergei Diaghilev. Je crois me souvenir qu'il existait alors une guerre d'ego entre ces deux novateurs et le très traditionnel Marius Petipa !

Il se pourrait bien qu'ils aient eu envie de déstabiliser leur ennemi juré !

Avec Sphynx, on s'élance à nouveau dans les quartiers animés de Saint-Pétersbourg jusqu'à atteindre une partie de la ville où les rues rétrécissent jusqu'à devenir un lacis de ruelles. On finit par rejoindre un petit théâtre, au cœur duquel je m'infiltre pour découvrir un amphithéâtre aux décorations soignées, même s'il est plus modeste que celui du Palais d'Hiver.

À part moi, il n'y a que deux personnes et je suis certaine de les reconnaître !

Sergei Diaghilev, le fondateur des Ballets russes, et Mikhaïl Fokine, le brillant chorégraphe, se tiennent campés là, devant la scène, en costume trois-pièces et redingote sombre, chapeau sur la tête et souliers cirés aux pieds. L'un des deux s'appuie même sur une canne avec élégance et, pour un peu, on pourrait les prendre pour Sherlock Holmes et son fidèle John Watson – en tout cas, dans l'épisode de la série qui se déroule au XIXe siècle !

Le plus jeune des deux parle d'une voix enthousiaste et son visage, animé d'une ferveur incomparable, révèle une curiosité telle qu'il semble tout droit sorti d'un dessin animé. Il a deux yeux ronds comme des points d'interrogation et une petite virgule en guise de fossette sur le menton. Son acolyte à la canne, quant à lui, irradie d'une douceur telle qu'il me rappelle les *pastilac* de Douniacha. Ses yeux rêveurs, un peu tombants, paraissent contempler le monde depuis un nuage et, malgré sa moustache et son costume sérieux, il a encore tout d'un enfant.

Ils discutent avec une énergie qui pourrait soulever des montagnes !

Je m'approche, faisant signe à Sphynx de me suivre, pour entendre ce qu'ils disent… mais je m'arrête net.

OH.

MON.

DIEU !

Derrière les deux hommes, une femme menue apparaît en entrouvrant les rideaux et, chuchotant rapidement, elle finit par écarter les lourdes tentures pour révéler un défilé d'une beauté qui me coupe le souffle. Des danseurs et des danseuses arborent des costumes qui n'ont rien à voir avec les robes crémeuses et les tutus mousseux de l'École théâtrale !

Déclinant les mille couleurs de l'arc-en-ciel, ils déploient des éventails de plumes, des rivières de perles et des parures d'or et de pierres précieuses. Avec cette myriade de détails, tous plus scintillants les uns que les autres, je ne sais plus où regarder et je manque de perdre la vue !

Un instant, j'en viens à me demander si je me trouve au bon endroit.

Où sont passés les robes et les jupons ?

Où a-t-on caché les collants et les chaussons ?

Dans ce torrent de couleurs chamarrées, je ne distingue que des pantalons bouffants et des sarouels ! Les courtes vestes sans manches, ainsi que les couvre-chefs et les turbans, me dépaysent totalement et m'emportent avec eux vers Agrabah, la ville d'Aladdin et Jasmine !

Une fois ma stupeur passée, je descends enfin les rangées de sièges.

Quand je m'approche, Sergei Diaghilev et Mikhaïl Fokine exultent de joie :

— ... Sa Majesté serait charmée ! s'enthousiasme le premier.

— J'en suis certain, acquiesce le second, l'impératrice est une femme de goût.

— Et les princesses, Mikhaïl, les princesses !

— Encore faudrait-il que nous ayons la chance de nous produire devant elles...

J'écoute scrupuleusement leur échange et, sous la carrosserie de mon crâne, le moteur de mon cerveau tourne à toute allure. Qu'est-ce que tout ça signifie ? Ces deux artistes désirent monter une représentation pour la famille impériale, mais jusqu'à quelles extrémités seraient-ils prêts à aller pour réaliser ce rêve ? Ce jeune homme si jovial et ce monsieur si doux, se pourrait-il qu'ils aient dérobé l'Étoile du Soir, comme l'affirme Matilda, croyant ainsi s'octroyer la chance légendaire liée à la pierre aux dépens de leur rival ?

Ça m'étonnerait beaucoup, mais il n'y a qu'une manière de m'en assurer.

Je dois leur tirer les vers du nez !

Me creusant la cervelle pour élaborer une stratégie, je décide finalement de ne pas passer par quatre chemins : dans cette situation, une question directe sera bien plus efficace !

Je prends mon courage à deux mains et, imitant l'attitude d'une petite fille innocente, je tire sur la manche de Sergei Diaghilev pour capter son attention. Il baisse les yeux et me sourit.

— Bonjour, mademoiselle, me salue-t-il en se penchant légèrement sur sa canne.

— Bonjour, monsieur Diaghilev. Et monsieur Fokine, j'ajoute en m'adressant à l'intéressé.

Les chorégraphes se détournent de la répétition qui se déroule sur la scène et prennent une expression grave pour m'écouter, comme si ce que j'avais à dire valait tout l'or du monde.

— J'ai entendu que, heu, je murmure en feignant la timidité, que vous aviez, heu…

En un claquement de doigts, je prends l'attitude du Chat Potté, dans *Shrek*, pour les attendrir.

— … que vous aviez l'Étoile du Soir et je voulais savoir si je pouvais la voir.

Ma voix se teinte d'une admiration et d'un émerveillement sans bornes et jamais – ô grand jamais ! – on ne pourrait me soupçonner d'être une espionne en quête d'indices !

Les adultes en face de moi échangent un regard et Diaghilev se gratouille le sourcil.

— Tiens ? s'étonne-t-il avec amusement. Et qui donc a pu te dire une chose pareille ?

— C'est ma cousine Maria, je m'empresse d'inventer avec aplomb, qui l'a su de son amie Nina, qui l'a appris de son frère Sacha, qui l'a entendu dire de sa petite amie, dont l'arrière-grand-tante a un collègue qui travaille pour l'École théâtrale. Voilà comment...

Je finis essoufflée et me rends alors compte que j'ai tout débité sans reprendre ma respiration. J'espère que l'accumulation d'informations les aura un peu perdus et qu'ils ne poseront pas davantage de questions ! Pourtant, Fokine réussit à me surprendre lorsqu'il déclare, songeur :

— Oh, oui, je crois que je vois de qui tu veux parler.

Je réprime une grimace dubitative et me contente de sourire.

— Malheureusement, ajoute-t-il, ce n'est qu'une rumeur infondée.

Diaghilev opine du chef, l'air contrit.

— Mikhaïl Mikhaïlovitch a raison, petite, m'assure-t-il. Nous n'avons pas l'Étoile.

— Nous avons appris, m'explique Fokine, que l'École théâtrale avait perdu le joyau de sa collection.

J'ai été très peiné de l'entendre, car Marius Ivanovitch est un ami très cher.

— Ah bon ? je m'exclame sans pouvoir me retenir.

— Oh, oui, j'ai été son élève pendant très longtemps.

Il prend une grande inspiration, les yeux dans le vague comme s'il contemplait le passé.

— C'est un maître extraordinaire, un génie de la danse !

— Pour sûr, il l'est ! confirme Diaghilev d'un ton révérencieux. Les ballets classiques doivent beaucoup à son travail acharné et à son esthétique irréprochable.

— J'ai été fort attristé, reprend Fokine, comme s'il n'avait pas entendu son acolyte, de savoir qu'il avait égaré l'Étoile. Je sais qu'il tenait beaucoup à cette tradition.

— Égaré, je répète dans un murmure. Vous ne pensez pas qu'on la lui aurait... volée ?

— Par tous les saints, jeune fille ! rit subitement Diaghilev. Vous ne pensiez pas, en venant nous voir aujourd'hui, que nous avions extorqué l'Étoile à Marius Ivanovitch… ou pire ?

Ses prunelles pétillent de malice et Fokine esquisse un sourire.

— Non, pas du tout ! je mens aussitôt.

Diaghilev hausse un sourcil sarcastique.

— Bon, j'avoue alors, prise au dépourvu. C'est peut-être ce que je pensais, oui. Mais c'est que, j'essaie de me justifier après une courte pause, l'Étoile du Soir est un porte-bonheur puissant et vous avez besoin de cette chance pour impressionner la famille impériale… non ?

— La chance est primordiale dans toute entreprise, en effet, déclare Fokine d'un ton solennel.

— Mais les danseurs et les danseuses qui ont reçu l'Étoile du Soir ont été récompensés pour leur constance et leur ténacité, ajoute Diaghilev. Ce n'est pas le bijou qui leur porte chance, mais le travail qu'ils ont accompli en vue de l'obtenir. La chance était déjà en eux.

— Alors, reprend Fokine en hochant frénétiquement la tête, cela ne nous serait d'aucune utilité de dérober ce petit grigri. C'est un objet important pour Marius Ivanovitch, c'est tout.

— Mais..., je balbutie.

Je comprends ce qu'ils ont tenté de m'expliquer, mais un détail subsiste.

— Mais vous ne voulez pas déstabiliser Marius Petipa ? je réussis enfin à articuler.

— Pourquoi donc voudrions-nous agir ainsi ? s'étrangle Fokine.

— Parce que c'est le chorégraphe le plus important de Saint-Pétersbourg ! j'argumente. S'il rate la représentation lors du bal masqué, sa réputation sera fichue et de nouveaux artistes pourront prendre le devant de la scène. Vous pourriez attirer l'attention du tsar !

À peine ai-je eu le temps de conclure que Diaghilev éclate de rire. Il essuie une petite larme qui perle au coin de ses yeux, puis balaie mes théories d'un revers de main en essayant de recouvrer son sérieux. Fokine, quant à lui, ne peut retenir l'hilarité qui éclaire son visage.

— Quelle imagination ! s'exclame Diaghilev. Mais non, je suis au regret de t'annoncer que cela ne nous a pas effleuré l'esprit. Jamais nous ne pourrions tendre un piège à un confrère.

— Alors, vous ne vous détestez pas ? je demande, perplexe.

— Pas du tout ! rétorque Fokine. J'admire toujours autant Marius Ivanovitch. J'ai une grande estime pour lui et, de son côté, il ne tarit pas d'éloges sur nos Ballets russes !

— Malgré nos divergences de points de vue, nous savons rester courtois ! affirme Diaghilev.

— Oh, ne t'en fais pas, petite fille, me console Fokine en voyant mon expression déconfite. Je suis certain que Marius Ivanovitch retrouvera vite l'Étoile et que tu pourras la voir.

Je remercie les artistes et m'en retourne comme je suis venue – bredouille !

J'ai passé en revue toutes les personnes qui auraient pu vouloir s'arroger le pouvoir de l'Étoile du Soir et, maintenant, je suis réellement à court d'idées. C'est donc avec un méchant nuage noir au-dessus de la tête, comme dans mes BD préférées, que je reprends le chemin de l'École théâtrale. Le crépuscule a cédé la place à la nuit et je suis certaine que tout le monde dort déjà…

…quand je vois Kostia roulé en boule devant la porte !

Chapitre 11

Où les étoiles brûlent les planches

Ça, c'est vraiment bizarre.

Que fait Kostia assis là, tout seul ?

Installé sur les marches du perron, il serre ses genoux contre lui et contemple la chaussée, devant lui, d'un regard vide. Le halo du réverbère le baigne d'une lumière dorée comme un rayon de miel, ce qui fait que, malgré l'heure avancée de la nuit, je peux discerner ses traits.

— Mais…

KESKISPASSE ?!

Avec effroi, je remarque que des larmes dévalent les joues de mon ami !

Mon cœur se fissure d'un seul coup et je me précipite vers lui.

— Kostia ! je m'exclame en prenant place à côté de lui. Qu'est-ce qui ne va pas ?

Un instant, je crois qu'il ne m'a ni vue, ni entendue, parce qu'il garde le silence.

Pourtant, avec un sanglot, il finit par se confier :

— C'est fini, déclare-t-il d'un ton péremptoire. C'est totalement fini.

— Qu'est-ce qui est fini ? je l'encourage en serrant sa main dans la mienne.

— Ça. La danse, l'École, tout... J'ai été renvoyé.

QUOI ?!

Les mots de Kostia s'imbriquent les uns après les autres, mais ils n'ont pas de sens.

— Mais comment ? Pourquoi ? Ce doit être une erreur !

— Non, Orphéa, ils ont eu raison, affirme-t-il, la lèvre tremblante. Tout est ma faute. Je voulais réussir à tout prix, mais... je n'aurais pas dû. C'est moi qui ai volé l'Étoile du Soir.

J'ai l'impression de comprendre ce qu'a pu ressentir le *Titanic* lorsqu'il a percuté son iceberg. Je me casse en deux comme une épave de navire et, en moi, les émotions font naufrage.

J'écarquille les yeux et ouvre la bouche pour parler, mais aucun son ne veut sortir.

— Tu ne peux pas comprendre, souffle-t-il en se détournant pour ne pas affronter mon regard ahuri. Chez moi, il n'y a qu'un chemin tout tracé et personne ne s'écarte de la voie. Si j'étais là-bas, je travaillerais déjà pour aider mon père et pour soutenir ma famille financièrement. Je serais presque... *un esclave*, et personne n'y trouverait rien à redire parce que c'est comme ça. Ici, je pouvais devenir celui que je voulais, mais c'est si difficile ! Je ne sais pas ce qui m'a pris : je pensais que l'Étoile m'apporterait de la chance, une forme de protection, n'importe quoi, et que personne ne pourrait remonter jusqu'à moi... mais rien n'a fonctionné !

Ses phrases sont heurtées, chaque syllabe séparée de la suivante par un hoquet. Bientôt, malgré tous ses efforts, il ne peut plus contenir le flot de larmes qui menacent et se met à pleurer.

Incapable de réagir face à cette effusion, je me contente de lui frictionner le bras en hochant la tête : je comprends parfaitement son désir de s'échapper. J'ai appris tant de choses sur les conditions de vie des Russes que je ne peux pas lui en vouloir – personne ne le pourrait, à part...

... Marius Petipa !

— Kostia, je le rassure avec une pointe d'empressement dans la voix, tu n'as pas à te justifier. Par contre, j'aimerais savoir... Est-ce que Marius Petipa a récupéré l'Étoile du Soir ?

— Ou... oui, acquiesce-t-il entre deux reniflements.

Incapable de penser à autre chose qu'à la terrible tragédie qui s'apprête à éclater, maintenant que le maître de ballet peut construire sa machine, je contemple le vide d'un air absent.

Heureusement, Sphynx est plus attentionné et il sait exactement comment réconforter Kostia. Il vient se frotter à ses chevilles et, dès qu'il le peut, saute lestement sur ses genoux. Le garçon baisse imperceptiblement la tête et mon chat vient coller sa truffe rose contre son nez.

— Je ne sais plus quoi faire..., murmure Kostia à présent que ses pleurs se sont taris.

— Je ne peux pas te promettre de te faire réengager..., je commence.

... mais il est hors de question que je t'abandonne, je pense sans le formuler à haute voix.

— ... mais je sais où tu peux aller en attendant de trouver une solution.

Je lui parle de la maison de Matilda, qu'il connaît bien puisqu'elle l'a recueilli à ses débuts, lui aussi. Il sèche ses larmes en pensant à Douniacha et à ses pâtisseries spectaculaires. Malgré l'emprisonnement de la ballerine, sa gouvernante sera capable de l'accueillir !

— Je n'y avais pas pensé ! s'exclame-t-il.

En un battement de cœur, ses prunelles plus tristes qu'un ciel nuageux retrouvent leur éclat de galaxie étoilée. Je lui rappelle la route pour s'y rendre et m'excuse de ne pas l'accompagner jusqu'au manoir. Lorsqu'il s'éloigne dans la nuit, je n'ai qu'une idée en tête : Marius Petipa.

Le lendemain, mon obsession ne m'a pas quittée.

Les yeux fixés à son dos comme de la super-glue, j'analyse la démarche de Marius Petipa tandis qu'il avance d'un pas cadencé, sa canne émettant des *clac ! clac !* exaspérés. Il mène le cortège de danseurs et d'élèves à travers le dédale du Palais d'Hiver et, bien que mon souhait le plus cher soit de m'arrêter toutes les cinq secondes pour tout admirer, je cale mon allure sur la sienne sans ralentir. Depuis hier soir, je me creuse les méninges : où a-t-il dissimulé sa bombe ?

— Des mondanités, grommelle-t-il dans sa barbe. Je leur en donnerai, des mondanités !

Tandis que le corps de ballet et nous autres élèves serpentons loin des regards, les solistes ont rejoint les convives du tsar dans la grande salle de bal. Ils ont eu l'honneur d'arriver en calèche alors que nous avons emprunté l'omnibus pour venir et, à présent, ils se mêlent au gratin de l'aristocratie russe. Marius Petipa devrait se trouver avec eux pour saluer le tsar mais, pour une raison que seule moi suis capable de comprendre, il a renoncé à ce privilège.

Je resserre ma concentration comme un étau, mais…

… n'empêche que c'est magnifique !

Je connaissais le Palais d'Hiver pour y être déjà venue en catimini mais, pour l'occasion, il me semble que les pampilles des lustres scintillent davantage et que les moulures de cuivre brillent un peu plus. Lorsque, de temps en temps, un noble s'enfuit de la salle de bal pour errer dans les corridors, je me rends compte à quel point cet événement est fastueux !

Les manteaux sobres et les vêtements sages ont laissé la place à des robes de brocart doré et à des vestes de soie brodées d'argent. Perles, plumes et pierres précieuses ornent les habits d'apparat tout droit sortis du XVIIe siècle et je remarque même la présence d'un faucon, perché sur le bras d'un aristocrate ! Chaque coup d'œil m'arrache un *ohhh !* admiratif.

— Et tu n'as encore rien vu ! commente Macha en riant de mon étonnement. J'ai entendu dire que ces tenues ne sont pas des répliques, mais des objets de collection sortis d'un musée !

Le raffinement du palais la met en joie, malgré sa mélancolie. Ce matin, elle avait encore les paupières rougies et gonflées d'avoir trop pleuré : le renvoi de Kostia l'a bouleversée. À présent, elle s'extasie elle aussi et pointe du doigt dans toutes les directions.

Malheureusement, je dois visser mon regard sur Petipa.

Qui sait où et quand il a prévu d'agir ?

Bientôt, la marche forcée nous conduit jusqu'aux coulisses du théâtre de l'Ermitage, que j'ai déjà eu l'occasion de découvrir lorsque je prenais M. Teliakovski en filature !

D'ailleurs, en parlant du loup…

— Vous êtes en retard ! tonne le directeur.

Marius Petipa marche droit vers lui et les deux hommes se tiennent en respect comme deux chiens de garde ! La tension monte rapidement et l'atmosphère devient électrique, si bien que le corps de ballet s'empresse de disparaître dans les vestiaires. Entraînée malgré moi par Macha, qui ne tient pas à encourir leurs foudres, je glisse un œil entre les rideaux pour les épier :

— ... une honte ! l'invective M. Teliakovski. Votre impolitesse vous coûtera cher !

— Comme vous l'avez souligné, je suis en retard, rétorque Marius Petipa avec une rigidité qui ferait douter de son passé de danseur. J'ai mieux à faire que d'aller lécher les bottes du tsar !

— Quand je pense que vous avez témoigné contre cette pauvre Matilda Feliksovna, elle qui n'a jamais eu la moindre pensée répréhensible à l'encontre de Sa Majesté ! Vous avez ruiné Mariinsky !

Et, sur ces paroles, M. Teliakovski fait volte-face et disparaît avec la violence d'une bourrasque.

Je me dépêche de regagner les vestiaires, où les corps pâles s'entremêlent. Dans le murmure feutré du tulle, on ne distingue plus la peau de la soie : collants et jupons poudrés dessinent une douce harmonie qui me ferait presque oublier que, bientôt, nous allons monter sur scène.

À partir du moment où nous nous glissons dans les coulisses, le temps semble suspendu. Je demeure figée comme une statue de sel, entourée de mes acolytes tout aussi pétrifiés dans leurs tenues de spectacle. Autour de nous s'organise une valse ordonnée lorsque les danseurs du corps de ballet entrent et sortent de scène. Je devrais me concentrer sur Marius Petipa – après tout, si je suis venue jusqu'ici, c'est pour ne perdre sa trace sous aucun prétexte ! – mais je ne peux pas m'empêcher de contempler les artistes qui se succèdent près de moi.

Leurs sourires éclatants s'évanouissent à la seconde même où leurs visages ne sont plus visibles depuis les fauteuils des spectateurs. Ils se précipitent dans les dédales des vestiaires pour se changer à une vitesse cataclysmique, avant de se ruer à nouveau sur le seuil de la scène. À peine leurs pieds franchissent-ils cette barrière invisible qui se dresse entre les planches et les coulisses, qu'ils sont à nouveau transfigurés.

Ils se redressent, se calment et se maîtrisent entièrement.

Pas un millimètre de petit doigt de pied n'échappe à leur contrôle.

Lorsqu'ils se trouvent face à leur public, ils incarnent totalement leurs personnages.

Puis vient mon tour d'entrer dans la lumière et c'est là que je m'en rends compte : moi aussi, je me transforme. Me remémorant en une nanoseconde l'emplacement de tous mes compagnons, je marche sur scène en tendant les pointes et en gainant les épaules. Je me positionne entre Macha et Evguénia en ayant l'impression que j'étais destinée à me trouver là.

Une fois en place, je souris comme si ma vie en dépendait.

Je jette un œil en coulisse, avec la crainte que Marius Petipa ne s'échappe pendant que je serai en scène, mais je suis inexorablement attirée par les lumières – comme un papillon un soir d'été. En face de moi, le public m'évoque un monstre alangui perdu dans la nuit.

Je n'aperçois que le balcon doré où siègent, superbes, le tsar et la tsarine.

Mais je n'ai pas le temps de m'en inquiéter.

Un, deux, trois, quatre.

Les notes de musique me font tout oublier et mon corps s'élance. Cinquième position, petits battements, tombé, pas de bourrée, pirouette, arabesque et, encore et toujours : sourire. Je n'ai pas besoin de réfléchir, je sais ce que je dois faire comme si c'était inscrit dans mon code génétique.

Cinq, six, sept, huit.

Le piano résonne en moi : il me tire, me pousse, m'incline, me cambre et délie mes bras. J'ai l'impression de ne jamais avoir autant habité mon corps, car

je ressens chaque centimètre de mon être jusqu'à la pulpe de mes doigts. D'une couronne au-dessus de ma tête, mes mains se croisent devant mon visage tel un oiseau fragile, avant de fondre en coupe devant mes hanches. Avant que je n'en prenne conscience, c'est fini.

Je sautille avec élégance vers les coulisses, hors d'haleine, le cœur battant la chamade et les jambes tremblantes. Quelques instants plus tard, comme si une bonne fée marraine avait claqué des doigts, je me retrouve sur le devant de la scène avec le corps de ballet et les autres élèves. Nous faisons la révérence devant les spectateurs conquis qui applaudissent à tout rompre.

Nous nous reculons pour laisser les solistes saluer la foule.

Mon sourire est si large et si solaire qu'il me brûle les joues !

Je ne pense qu'à mon bonheur et à mon soulagement, quand soudain...

... OÙ EST PASSÉ MARIUS PETIPA ?

Chapitre 12

Ou pourquoi la danse classique finira par avoir ma peau

Le sang battant à mes tempes, je joue des coudes dans le public. Mes yeux fouillent les alentours à la recherche de Marius Petipa.

Je ne peux pas y croire.

En une fraction de seconde, il s'est envolé.

Impossible de savoir où il s'est enfui !

Je me suis glissée au bas de la scène, complètement affolée, et remonte à présent les rangées de spectateurs. Serviteurs, valets ou aristocrates, je pousse tout le monde sans me poser de questions et me fraie un chemin à travers le théâtre. Un simple coup d'œil vers les balcons me confirme ce que je sais déjà : le tsar et sa famille ont quitté leurs sièges avant tout le monde.

Je dois attraper Petipa avant qu'il ne les trouve.

Il va mettre son plan à exécution si je ne l'arrête pas !

Où que je regarde, je ne vois qu'un océan d'or, de fourrure et de pierres précieuses, mais pas la moindre trace de l'empereur Nicolas ou de sa femme Alexandra. Je bouscule encore quelques convives et m'extirpe du théâtre pour remonter les corridors à toute allure.

C'est à moitié débraillée que je déboule dans la salle de bal.

Un *waouh !* étranglé s'échappe de ma gorge mais je n'ai pas le temps de détailler le décor. Malgré les ornements somptueux de la pièce, je dois poursuivre ma course. Je slalome sous les rivières cristallines des lustres et zigzague entre les danseurs de valse, tout droit sortis du dessin animé *Anastasia*, pour me planter devant l'estrade impériale encadrée de velours rouge.

Un aigle doré à deux têtes me nargue, perché au-dessus des trônes... complètement vides.

Le tsar n'est pas là, pas plus que la tsarine.

Je rebrousse chemin sans la moindre idée de la direction à prendre, quand je sens subitement la douce tiédeur de Sphynx qui s'enroule entre mes chevilles. La musique classique qui résonne sous les hauts plafonds étouffe son miaulement, mais je vois ses moustaches frétiller.

Il a dû apercevoir quelque chose !

Après un regard entendu, il s'élance et je le suis entre les couples virevoltants. Il fuse à travers la salle, sans la moindre considération pour les convives qui sursautent. Je jette des *pardon !* et des *excusez-moi !* à la cantonade mais je ne m'attarde pas. Même si je peine à me faufiler aussi bien que mon chat, qui glisse lestement entre les jambes de tout le monde, je garde le rythme à travers les enfilades de salles et les escaliers. Ils nous mènent dans ce qui semble être les parties plus privées du palais et, bientôt, on s'engouffre ensemble dans un corridor austère.

Je repère aussitôt le chapeau rouge du tsar, ainsi que la couronne tapageuse de sa femme. Ils cheminent d'un pas assuré, en pleine conversation avec... M. Teliakovski ?!

Kikekoidonoùcomment ?

— ... pas que Matilda Feliksovna soit une criminelle, déclare le directeur.

— Je ne mets pas votre parole en doute, garantit le tsar avant que je ne l'entende plus.

Ils passent une porte et je m'arrête, hors d'haleine mais un peu apaisée.

Sur le moment, j'exhale un long soupir de soulagement, rassurée de ne pas les découvrir en compagnie de Marius Petipa. Puis, alors que la mécanique de mon cerveau continue de carburer à plein régime, je me rends compte qu'ils s'éloignent de témoins potentiels !

En s'isolant ainsi, même inconsciemment, ils laissent la possibilité à Marius Petipa de les attaquer !

Furieuse d'avoir perdu de précieuses secondes en réflexions inutiles, je me rue à leur suite.

Quand je fais irruption dans l'antichambre, la porte entrouverte d'un petit cabinet me laisse quelques centimètres de visibilité. Je m'approche à pas feutrés et c'est comme si je venais de heurter un mur de plein fouet. Mon menton chute de 45 degrés et j'ouvre des yeux ronds comme des soucoupes lorsque je découvre que Marius Petipa est assis au bureau !

Devant lui, stupéfaits – voire même *stupéfixés* – l'Empereur, la tsarine et M. Teliakovski le dévisagent avec incompréhension. De la main gauche, le maître de ballet pianote sur un assemblage de bric et de broc qui ressemble affreusement à une bombe tandis que, de la main droite, il couve sereinement la crosse d'un revolver.

— Allons, allons, dit-il avec calme, vous ne pensiez pas vous en tirer si facilement ?

— Marius Ivanovitch..., bredouille M. Teliakovski, soudain timoré.

— Je ne veux rien entendre, le coupe Marius Petipa. Tout ce que je vois, c'est que vous méritez le même sort qu'eux ! Votre cupidité et votre arrogance vous coûteront cher...

Il se lève en s'appuyant sur sa canne et s'empare à pleine main de son arme à feu.

— L'heure est venue de payer pour vos crimes.

Dans la confusion générale, je vois Alexandra entrouvrir la bouche, mais Marius Petipa braque le canon de son revolver dans sa direction et la menace sans trembler.

— Ne songez même pas à appeler au secours. Avec la musique, personne n'entendra.

En moi, la stupeur cède la place à la détermination : je dois le mettre hors d'état de nuire... mais comment ? Je porte encore mon costume de scène et, quant à mon matériel high-tech d'espionne, je l'ai caché dans les coulisses lorsque je me suis changée ! Les secondes s'égrènent plus rapidement que d'habitude et Petipa s'approche dangereusement du tsar !

Je décide d'agir à l'ancienne.

Pas de gadget, mais pas le temps de m'apitoyer.

Je franchis le seuil de l'office, décidée à renverser Marius Petipa par la force s'il le faut – mais Sphynx me devance et galope vers le maître de ballet ! Vif comme l'éclair, il fonce droit sur ses jambes et provoque une collision avec sa canne ! Dans la surprise, Marius Petipa vacille, déstabilisé, et lâche le pommeau ! L'instant d'après, il s'effondre à genoux dans un *bang* !

La force de l'impact a déclenché le revolver et une balle a fusé dans les airs ! Sans que j'aie pu voir sa trajectoire à cause de sa vitesse, elle est allée se ficher dans le plafond !

Profitant de la confusion générale, je me précipite sur Marius Petipa pour le désarmer, mais il me voit et me dévisage d'un air mauvais, toujours à genoux mais résolu à m'abattre. Un tonnerre de coups de feu retentit subitement et un cri vient se mêler au fracas assourdissant. Je bande mes muscles, prête à en découdre, et échappe de justesse à toutes les balles qui déchirent l'air autour de moi. Je bondis, m'accroupis, m'écarte et me jette à terre lorsque l'une d'entre elles me frôle. En une seconde, je suis à nouveau sur mes pieds et, avec un salto arrière, je me campe dans le dos de mon adversaire. J'entends à peine son grognement furieux.

Je saute sur lui et m'agrippe à son cou de toutes mes forces. Il se débat mais s'écroule sous mon poids. Il tombe sur le flanc et je le suis dans sa chute. On se fracasse sur le sol comme si on ne faisait qu'un et, dans le choc, le revolver de Marius Petipa est propulsé au loin.

Sans considération pour la douleur qui se répand dans mon bras, je me projette en avant.

En une seconde, je m'empare de l'arme à feu.

Encore en nage, mon premier réflexe est de la dissimuler sous la ceinture de mon tutu. Lorsque je regarde enfin autour de moi, Marius Petipa gît sur le sol, exténué.

Nous sommes seuls : le tsar, sa femme et M. Teliakovski ont dû sortir pendant notre affrontement.

Je ne me pose pas davantage de questions et saisis la machine de Marius Petipa.

Il s'agit d'un étui métallique de la taille d'une boîte à chaussures, assez comparable aux bombes artisanales que l'on voit à la télé dans les séries d'action, mais en plus sommaire et moins compliqué. Faute de scotch, en 1903, il a rafistolé l'ensemble avec des bouts de ficelle et même un peu de ruban en satin bleu, attaché sur le côté à l'aide d'un petit nœud mignon.

Vu de près, l'atroce explosif que je m'étais imaginé me paraît plutôt ridicule !

Je déballe ce qui ressemble davantage à un paquet-cadeau maladroit et ouvre l'écrin, révélant un système désordonné de poulies et de fils de couture. Dans un coin de la boîte, je reconnais distinctement un dispositif de briquet qui aurait pu s'actionner à la seconde où Petipa l'aurait décidé. Pourtant, ce n'est pas la bombe qui attire mon regard : je suis happée par le cristal.

D'un noir mat, il irradie cependant une aura visible à l'œil nu.

Le maître de ballet l'a installé sur un lit de charbon, aisément inflammable, espérant sans doute que la pierre surchauffe et éclate dans le cœur du brasier. Aucun mécanisme de protection ne semble la retenir, donc je n'ai qu'à cueillir l'Étoile du Soir dans son écrin

Je la soupèse dans ma paume, encore absorbée par son éclat mystérieux, et ne peux m'empêcher de m'interroger : quel danger est-ce que je cours en la transportant avec moi ?

Cependant, je suis interrompue dans mes réflexions lorsque des cris retentissent.

Sphynx, les yeux écarquillés, me lance un regard terrifié et bondit sur la tête de Marius Petipa avant de s'enfuir. Il slalome entre quatre paires de pieds qui, je ne le remarque qu'en levant la tête, appartiennent à des officiers de la garde impériale – armés de pied en cap !

Je pourrais prendre mon courage à deux mains et les affronter...

... mais je préfère prendre mes jambes à mon cou et décamper !

— Arrêtez-la aussi ! hurle M. Teliakovski. Elle est impliquée dans l'affaire !

Tandis que deux soldats relèvent Marius Petipa avec brusquerie, je profite de ma petite taille pour me faufiler entre ceux qui se tiennent encore sur le seuil de la porte. Je m'enfuis à toute allure dans le corridor, n'entendant derrière moi qu'un raffut de pas qui me pourchassent.

Sans réfléchir, je fais tout pour les semer.

Je dévale les escaliers, tourne à gauche, à droite, encore à droite, glisse sur une rampe pour descendre encore plus dans les tréfonds du palais et continue de zigzaguer de couloir en couloir. Malheureusement pour moi, les hommes me suivent à la trace et je dois redoubler de vitesse ! Je m'engage dans les quartiers des domestiques et me fonds entre les valets et les femmes de chambre. Je cours plus vite que je ne m'en croyais capable et, bientôt, Sphynx me rejoint dans ma folle escapade. Les hurlements que je perçois au loin, ponctués de bris de vaisselle cassée, m'indiquent que mes poursuivants ont été ralentis par les serviteurs du palais.

Je m'engouffre dans une cuisine, puis une autre, et une troisième en enfilade.

Nooonnn... !

Cette fois, c'est la fin : j'ai abouti dans un cul-de-sac !

Aucune porte, aucune issue, aucune échappatoire !

Il n'y a plus qu'une solution : me cacher et attendre qu'ils partent.

J'avise les réfrigérateurs et me calfeutre à l'intérieur.

Je serre les paupières plus fort qu'il est humainement possible, certaine que ma dernière heure a sonné. D'une seconde à l'autre, les gardes impériaux vont ouvrir la porte et me...

— Les glaces t'ont mordue ou quoi ?

Ces mots crépitent à la surface de mon cerveau, comme des flashs résiduels d'appareil photo.

Les glaces ?

Quelles glaces ?

C'est à ce moment précis que je m'en rends compte : il ne fait pas aussi froid que je l'avais escompté et, même si la technologie russe de 1903 n'était pas à la pointe, il me semble qu'un réfrigérateur devrait au moins conserver les aliments au frais. Mais peut-être que c'est surfait ?

Toujours tendue de la tête aux pieds, j'entrouvre un œil, puis l'autre, avant de me décontracter totalement. Je découvre avec stupéfaction le carrelage immaculé et les surfaces impeccables de la cuisine. Et pas n'importe quelle cuisine, non ! Celle de chez moi, de chez mes parents !

Derrière l'îlot central, une petite tête jaillit...

... puis une deuxième...

... et quatre yeux noisette me dévisagent.

— On a faim, affirme Phobos.

— On a *très* faim, ajoute Deimos.

— T'as promis un goûter, me rappelle Phobos.

— On veut nos glaces, exige Deimos.

Je me redresse, tentant vainement de me réapproprier mon autorité naturelle de grande sœur. Un coup d'œil à Sphynx, en posture de défense à mes pieds, me persuade de céder.

Après tout, ça pourrait dégénérer.

Ce n'est pas le moment de déclarer une guerre ouverte.

Avec lassitude, je tends deux Cornettino saveur chewing-gum. Mes monstres de petits frères me les arrachent avant que j'aie pu expirer un *ouf !* et tourbillonnent hors de la cuisine.

— Et merci, c'est pour les hippogriffes ? je leur hurle.

J'ouvre ma paume, où se love encore le cristal, et je traîne les pieds jusqu'à ma chambre.

Il est temps de ranger mes pointes pour toujours.

La danse classique, finalement, c'est vachement fatigant !

Chapitre 13

Où les secrets ne me disent rien qui vaille

Bang ! Bang ! Bang !

Je sursaute et retiens un cri de surprise.

Les tirs retentissent dans tous les sens !

Si je ne veux pas me faire avoir, il faut que je me tapisse dans un coin.

— Décidément, c'est toujours animé, chez toi.

Le visage de Fitz, impassible, se découpe sur l'écran de mon faux miroir de poche. Je me précipite dans un angle obscur de la salle, dissimulé derrière une cloison, et me tourne face au mur. Si quelqu'un me surprend dans ma cachette, je refuse qu'ils aperçoivent mon InstaCorps.

Au loin, la bataille fait rage.

— À qui le dis-tu ! je soupire en me laissant glisser au sol.

Quelques instants auparavant, le vaste entrepôt prenait des allures de chasse au trésor intergalactique. Grâce à mon casque de réalité augmentée, je me déplaçais dans les vestiges d'un temple extraterrestre sur une planète oubliée. Évidemment, ce n'était pas pour me déplaire : mon pistolet laser en main, je furetais à la recherche d'un butin pirate !

Mais ça, c'était avant que Phobos et Deimos – ces démons ! – ne me tombent dessus à bras raccourcis ! Pilleurs de tombes eux aussi, ils n'ont pas témoigné la moindre pitié envers leur grande sœur ! *Bim ! Bam ! Boum !* Ils m'ont terrassée au moment où je m'y attendais le moins.

Éliminée, j'ai ôté mon casque et l'entrepôt a retrouvé son aspect miteux.

Si on se trouve ici, le visage et les membres pointillés de patchs capteurs de mouvements, c'est parce que c'est la fête de Mamie. Évidemment, elle ne pouvait pas choisir d'aller au restaurant ou de faire une balade dans le parc, comme toutes les grands-mères ! Pensez-vous !

Moi, ma mamie, ce n'est pas le modèle standard. Avec ses cheveux bleus et ses vêtements bariolés, on la croirait descendue tout droit d'un vaisseau spatial. Pour elle, le fun ce n'est pas de regarder un épisode de série à la télé, mais de faire du parapente ou de la boxe thaïlandaise !

Alors on ne risquait pas de lui offrir un billet d'opéra...

Il a fallu qu'on aille faire un jeu en réalité virtuelle !

À présent, Phobos et Deimos sont armés de pistolets lasers, bravo !

Même hors course, je continue de me faire pourchasser par les jumeaux, qui n'ont apparemment pas compris toutes les règles. C'est la raison pour laquelle je me terre à présent dans une enclave plus ou moins protégée du reste de la galaxie, au téléphone avec Fitz.

— Si tu veux mon avis, reprend-il en bâillant à moitié, ton Marius Petipa n'avait plus toute sa tête. Fabriquer une bombe à partir d'un petit fragment de rien du tout, comme ça ?

Il balaie cette idée idiote d'un revers de main.

— Certes, ces cristaux sont instables, mais il n'aurait pas obtenu la réaction escomptée.

Comme d'habitude, Fitz s'évertue à me dire que je ne courais aucun danger et que le Palais d'Hiver n'aurait jamais explosé. J'aurais aimé l'y voir, lui ! C'est facile de dire ça, quand on dispose de toutes les informations et qu'on commente la mission une fois qu'elle est finie !

Sur le coup, c'était quand même vachement inquiétant !

Depuis mon retour de Russie impériale, je me pose des questions sur la nature des cristaux que le C.O.R.P.S. m'envoie récolter. Bien sûr, j'ai remarqué l'éclat mystérieux qui émane de ces pierres dès ma première mission, mais de là à penser qu'elles pouvaient avoir des propriétés explosives...

Je me souviens comme si c'était hier de l'écritoire de Marius Petipa, croulant sous les documents, et notamment de l'article qui expliquait la haute instabilité de ces fossiles.

Encore aujourd'hui, le nom de la météorite Éris continue de hanter mon esprit.

J'ai passé des jours et des nuits à taper ce nom dans divers moteurs de recherche – en vain. On dirait que, depuis les chercheurs du début du XXe siècle, personne ne s'y est intéressé !

J'ai questionné, soudoyé et même menacé Fitz dans l'espoir d'en apprendre davantage, mais il se contente d'éluder mes interrogations. Selon lui, les études scientifiques de cette époque étaient menées par des charlatans, ou ont été dépassées depuis bien longtemps.

— 1903, Orphéa ! s'entête-t-il à me répéter à chaque fois que je reviens sur le sujet.

Et, puisqu'il est abonné à tous les magazines historiques de la terre, je ne peux que le croire. Après tout, c'est vrai que les sciences n'étaient pas encore à leur apogée, à cette époque.

— Pour que les pierres explosent, reprend-il en se penchant sur son ordinateur, de l'autre côté de mon écran, il faut réunir des conditions précises de poids et de friction. Je n'ai pas tout compris, l'autre jour, quand les cosmogéologues me l'ont expliqué. Ce qu'il faut retenir, c'est que ce n'est pas avec cinquante grammes de météorite que le palais se serait effondré.

Je hoche la tête mais, pour une raison inconnue, ces explications ne me rassurent pas.

Pourquoi est-ce que personne ne m'a prévenue, au début de mes missions transtemporelles, que j'étais chargée de retrouver des artefacts aussi dangereux ?

Je repense à la manière dont les cristaux ont pu être transportés, trimballés et agités dans tous les sens… et je frissonne.

— Mais s'ils sont inoffensifs dans de faibles quantités, je demande en me jurant d'obtenir une réponse, pourquoi est-ce que vous entreposez tous les cristaux au même endroit ?

Fitz hausse les sourcils, l'air pris au dépourvu.

— Comment ça ?

Je secoue la tête et oublie pendant un moment la guerre qui fait rage dans l'entrepôt.

La dernière fois que je suis rentrée de mission, après m'être rendue chez les Vikings, j'ai eu un aperçu de l'endroit où le C.O.R.P.S. conserve les pierres que je ramène de mes expéditions dans le temps. Fitz ne s'attendait pas à mon appel et j'ai pu entrevoir un présentoir étrange où les cristaux, placés les uns à côté des autres, dessinaient des formes mystérieuses.

Ce doit être une information secret-défense, parce que Fitz a toujours refusé d'en parler !

Il prétend que ce n'est qu'un endroit comme les autres – juste un peu plus protégé.

Moi, je crois qu'il y a une raison pour que le C.O.R.P.S. agisse ainsi...

... mais laquelle ?

— C'est quand même bête de...

Je commence à l'interroger de nouveau, quand des hurlements retentissent non loin de moi.

— Madame ! crie une voix masculine. C'est interdit de... HAAAAA !

J'esquisse une moue, sachant pertinemment que j'ai encore raté une chance de cuisiner Fitz, avant de refermer le clapet de mon InstaCorps. Je contourne la cloison avec précaution, à l'affût, pour découvrir ma grand-mère en pleine course-poursuite avec un employé des lieux !

Ses boucles bleues volant au vent, elle distance le pauvre garçon âgé d'à peine vingt ans. Il sue et souffle dans une chemise blanche débraillée et tente de l'intercepter, mais elle fend l'espace en équilibre sur ses talons. Chaussée de baskets à roulettes, rien ne peut l'arrêter !

— À MOI LE TRÉSOOOR ! s'écrie-t-elle à perdre haleine.

Son casque bien vissé sur le crâne et les écouteurs dans les oreilles, on dirait qu'elle n'a même pas remarqué la présence du pauvre jeune homme qui s'égosille en vain après elle :

— Les véhicules motorisés et accessoires roulants ne sont pas autorisés dans l'enceinte de...

— Vas-y, Mamie ! l'interrompt Phobos.

— Tu vas l'avoir, Mamie ! ajoute Deimos.

Dans l'angle de mon champ de vision, Phobos et Deimos encouragent notre grand-mère à grand renfort d'applaudissements et de hourras. J'en conclus donc qu'ils ne concourraient que contre moi et que ça ne les dérange pas tant que ça de perdre au profit de Mamie.

Je suis émue par tant de fraternité.

Mamie et les jumeaux poursuivent leur quête imaginaire dans leur pays virtuel, où ils se trouvent encore grâce à leurs casques, et je refuse de m'interposer. Si l'employé de la salle de jeux veut les arrêter, grand bien lui fasse : je cours suffisamment de dangers au quotidien !

Résultat des courses : dix minutes plus tard, des vigiles nous expulsent.

— Il fallait parler plus fort ! se plaint Mamie quand ils lui expliquent le règlement de la salle. On n'entend rien, là-dedans ! Si on ne peut même plus s'amuser… c'est une vraie dictature !

Et puis, dès qu'ils ont le dos tourné, elle leur tire la langue.

Évidemment, Phobos et Deimos s'empressent de l'imiter, avant de se carapater à toute vitesse lorsque les vigiles les surprennent. Mamie s'élance à leur suite en riant et, moi, je reste coite une seconde avant de décamper à mon tour. On sort de l'entrepôt et on court à la voiture.

On l'a échappé belle !

Mamie nous conduit à la maison, parce qu'on a prévu de dîner avec Papa et Maman pour sa fête. Malheureusement pour moi, cette petite excursion en réalité augmentée n'a pas eu raison de son énergie, ni de celle des jumeaux ! Une fois la voiture garée dans l'allée, ils se chamaillent et tentent de s'attraper les uns les autres tandis que, moi, je n'ai qu'une envie :

D. O. R. M. I. R.

Avec un soupir, j'ouvre la porte d'entrée et pénètre dans la maison qui semble assoupie. Je me régale du silence autour de moi, qui crée comme une couette ouatée et confortable. Après toute une journée avec ces trois ouragans, c'est tout ce que je pouvais désirer : un peu de calme.

Quand je parviens au seuil de la cuisine, cependant, quelque chose ne va pas.

— ... t'envoyer en reconnaissance, déclare la voix de ma mère.

— Je sais, répond mon père d'un air sérieux qui ne lui ressemble pas, mais si l'arme tombe entre leurs mains, il y a plus d'une vie en danger.

Je fronce les sourcils et secoue la tête, comme si ça pouvait aider mon cerveau à comprendre ce que je viens d'entendre. Ces mots, que mes parents viennent

de prononcer, je ne les connais que trop bien à force de les utiliser avec Fitz ou les autres agents du C.O.R.P.S.

Non, ce n'est pas possible.

Je cherche à me convaincre que la fatigue et l'angoisse distordent les mots, et je pousse la porte. Aussitôt, Maman ferme l'écran de son ordinateur avec un *clac !* retentissant et, quant à Papa, il arrache rapidement un écouteur de son oreille avant de brasser tout un tas de documents.

— Oh, ma chérie ! s'exclame-t-il d'un air faussement détaché.

— Nous ne vous attendions pas si tôt ! ajoute Maman avec son sourire angélique.

Avec son chignon impeccable et ses ongles rouge brillant, elle joue bien mieux la comédie que Papa. Je vois un filet de sueur perler au-dessus de son épaisse moustache, malgré son allure débonnaire. Il farfouille dans ses papiers pour les ranger et, l'instant d'après, je suis incapable de dire où ont disparu les dossiers qui s'étalaient sur le plan de travail.

Je sais bien que les grandes personnes ont toujours des secrets.

Ils réclament qu'on ne leur cache rien, pas la moindre petite minuscule particule d'information à notre sujet (ce qu'on a mangé à la cantine à midi, la profession des parents de telle copine rencontrée trois minutes auparavant et, le plus embarrassant de tout, le nom de nos amoureux ou de nos amoureuses...) mais eux, ils ne se privent pas de nous cacher tout un tas de choses !

Je suis habituée à ce qu'ils réservent leurs conversations sérieuses pour après vingt-deux heures, quand mes frères et moi sommes couchés, mais je pensais que ça ne concernait que les détails inintéressants de leurs vies (en somme, les trucs d'adultes). Maintenant, après la discussion que je pense avoir surprise, je ne peux que me demander : que dissimulent-ils vraiment ?

L'air de rien, je me dresse sur la pointe des pieds en espérant apercevoir un coin des documents que Papa a cachés, mais rien. Maman se redresse et, avant que j'aie pu m'en rendre compte, son ordinateur aussi a disparu ! Ils échangent un regard entendu et je m'apprête à les interroger sur leur comportement étrange… mais à ce moment-là, la porte claque.

— Devinez qui a trouvé le trésor ? s'écrie Mamie à tue-tête.

Je dévisage mes parents, qui soutiennent mon regard sans ciller, avant que les jumeaux fassent irruption dans la cuisine. Ce n'est pas le moment de poser mes questions…

… mais ils ne perdent rien pour attendre !

Bonus

Marius Petipa

Marius Ivanovitch Petipa, né à Marseille en 1818, a été l'un des **danseurs** et des **chorégraphes** les plus célèbres de son temps ! Fils d'un maître de ballet français, il a commencé la danse classique dès l'âge de 5 ans et, après une belle carrière en Amérique du Nord, il a été engagé comme premier danseur des **Ballets de Saint-Pétersbourg** et a émigré en Russie.

Danseur internationalement reconnu, il a surtout acquis sa célébrité en tant que chorégraphe : il est devenu maître de ballet en titre en 1869 et a créé pas moins de soixante pièces, dont certaines sont encore dansées aujourd'hui ! *Casse-noisette* et *Le Lac des cygnes*, par exemple, sont deux ballets qu'il a signés sur des musiques du compositeur russe **Tchaïkovski** et qui sont entrés dans le répertoire classique des plus grandes institutions !

Il écrivait tous les jours dans son journal intime et y relatait ses disputes fréquentes avec **Monsieur Teliakovski**, le Directeur des Théâtres impériaux de Saint-Pétersbourg, jusqu'à sa retraite en 1904 (soit un an après les faits relatés dans le roman). Bien qu'il ait eu quelques différends avec **Matilda Kchessinskaia**, cependant, il ne l'a jamais fait emprisonner !

Matilda Feliksovna Kchessinskaia (dite la Kchessinska)

Matilda Feliksovna Kchessinskaia était une danseuse russe à la célébrité internationale. Née en 1872 d'un père danseur lui aussi, elle a étudié à l'École de Ballet de Saint-Pétersbourg et a intégré la compagnie du **Théâtre Mariinsky** dès ses 18 ans. Elle doit son succès au grand nombre de rôles qu'elle a joués dans les ballets de **Marius Petipa**, où la critique acclamait sa virtuosité technique autant que ses dons de comédienne. Elle a été nommée Prima Ballerina, puis **Prima Ballerina Assoluta** (la plus haute distinction pour une danseuse) dans les cinq premières années de sa carrière.

Son talent et sa grande beauté ont attiré l'attention des plus grands nobles de l'Empire russe : ce qu'Orphéa ne sait pas, c'est que Matilda a entretenu une relation amoureuse avec **Nicolas Romanov**, futur tsar de Russie, avant son mariage et son accession au trône ! À cause de sa proximité intime avec l'aristocratie russe, elle a été particulièrement ciblée lors de la Révolution russe. En 1917, les **communistes** réquisitionnent son hôtel particulier et elle est contrainte de s'exiler à Paris.

Nicolas II et la famille Romanov

Nicolas Alexandrovitch Romanov a gouverné la Russie de 1894 à 1917 et a été le dernier Empereur russe. Marié à la princesse allemande Alix de Hesse-Darmstadt, appelée **Alexandra Feodorovna** en Russie, il a eu avec elle quatre filles (Olga, Tatiana, Maria et la très célèbre Anastasia), ainsi qu'un fils (Alexis). Très tôt, le **tsar** a avoué qu'il ne se sentait pas prêt à assumer le trône : sous son règne, plus encore que celui de son père, le pays a connu des mutations importantes qui ont provoqué un essor culturel et social, mais aussi des **crises** sans précédent.

Au début du vingtième siècle, la Russie était dans un état de révolte permanente. Malgré la libération des serfs (les esclaves des campagnes), les inégalités étaient encore très marquées et provoquaient le mécontentement chez les plus démunis, comme les **paysans** et les **ouvriers**. En 1905 éclate une première révolution qui menace le trône de Nicolas II, mais c'est en 1917 que les **communistes** (appelés ***bolcheviks***) prennent le pouvoir. Ils exécutent le tsar et toute sa famille après près d'un an et demi de captivité, en 1918.

Prénom, nom et patronyme

En Russe, les **dénominations de politesse** « Madame » et « Monsieur » sont pratiquement inusitées : pour s'adresser à quelqu'un avec respect, on emploiera plutôt son **prénom** et son **patronyme**. Par exemple, Monsieur Teliakovski s'appelle Vladimir Arkadiévitch Teliakovski : les personnages russes s'adressent à lui en l'appelant Vladimir Arkadiévitch, tandis que Marius Petipa, qui est français, dit simplement Monsieur Teliakovski ou juste Teliakovski.

Il faut aussi noter que les **surnoms** sont très utilisés en russe : dans les cercles privés ou de l'intimité, en famille ou entre amis, on n'appelle presque jamais les gens par leurs prénoms, mais par leurs surnoms. Ainsi, Macha s'appelle en réalité Maria, tandis que le vrai prénom de Kostia est Konstantin.

Vladimir Ilitch Lénine

Vladimir Ilitch Oulianov, dit Lénine, était un homme politique russe du début du vingtième siècle. Il s'est très tôt investi dans l'un des principaux partis d'opposition au régime tsariste, le **Parti ouvrier social-démocrate** de Russie, avant de devenir l'un des dirigeants du courant communiste appelé **bolchevik.**

En raison de ses convictions et de ses actions révolutionnaires, il a été étroitement surveillé par le gouvernement. Il a notamment été interdit de séjour à **Saint-Pétersbourg** et condamné à l'exil, d'abord en **Sibérie,** puis à l'étranger. Pendant ses années d'expatriation, il a continué à produire de nombreux textes politiques et il a participé à la fondation d'un **journal militant**, dont un certain nombre d'exemplaires étaient acheminés clandestinement sur le territoire russe.

Après son retour d'exil, peu de temps après les révoltes de 1917, il a occupé une place de premier plan dans la **Révolution**, l'installation du Parti communiste au pouvoir et la création de la **Russie soviétique**.

DÉCOUVREZ AUSSI D'AUTRES BONUS
SUR LE SITE DU POULPE !
http://poulpe-fictions.fr/bonus/

Remerciements

À la sortie de ce roman, je vais célébrer ma première année en tant qu'autrice publiée : quatre romans en un an, même si c'est éreintant, c'est le plus beau cadeau que la vie pouvait me faire. Je ne pensais pas avoir un jour mes livres en librairies, et encore moins en vivre ! Pourtant, me voilà, toujours en vie et l'imagination plus débordante que jamais.

Cette imagination et la détermination qui va avec, je les dois à mes parents qui me soutiennent au quotidien dans toutes mes décisions, les plus folles soient-elles. Alors, comme de coutume, je tiens à leur adresser ces premiers remerciements très spéciaux : merci de m'avoir encouragée, même lorsque mes choix paraissaient insensés.

Ensuite, évidemment, je tiens à remercier toute l'équipe éditoriale qui a été emballée par ce projet et continue à le porter : à Marie et Manon, tout particulièrement, merci d'être à l'écoute et de vous rendre disponibles pour discuter, échanger, raconter, faire rêver. À Clélie, Florence et toute l'équipe d'Édi8 que je vois à chaque fois que je passe à la maison d'édition pour m'épancher, merci d'être les acolytes de l'ombre. Et à Paty, bien entendu, merci de donner vie à ma petite espionne : ton talent et ton énergie sont devenus indispensables pour moi.

Et enfin, à toutes celles et ceux qui me supportent et me soutiennent au quotidien, je dis merci pour votre gentillesse, votre bienveillance et votre amour : un merci très spécial à Marion, qui a été une relectrice assidue, mais aussi à Pierre, Mathilde, Babeth, Fossati pour votre passion inépuisable, à Nine, Emilie et Ben pour l'aventure qui ne s'arrête jamais, et à vous, qui lisez ces lignes. Ce roman n'existerait pas sans vous, alors merci pour tout !

COLLECTIONNE
LA SÉRIE
ORPHÉA
FABULA !

LES AVENTURES D'UNE ESPIONNE QUI VOYAGE DANS LE TEMPS

par Marie Alhinho

Illustré par Miss Paty

Orphéa n'est pas une jeune fille ordinaire :
ado normale pour ses parents, elle est
en réalité une super espionne ! Sa mission ?
Plonger dans le passé, de l'Égypte antique au
temps des Vikings en passant par le XVIIe siècle
à Versailles, pour y récupérer de dangereux
cristaux magiques et les mettre en lieu sûr !

Déjà parus :

Orphéa Fabula et le Cristal d'Osiris
Orphéa Fabula et les coulisses de Versailles
Orphéa Fabula et les Larmes du Dragon

#orphéamènelenquête #voyagedansletemps

DÉCOUVRE AUSSI LA TRILOGIE
POULES, RENARDS, VIPÈRES !

UNE TRILOGIE D'AVENTURES ÉPIQUES À HAUTEUR D'ANIMAUX.

POULES, RENARDS, VIPÈRES

par Paul Ivoire

Illustré par Miss Paty

Sur une île lointaine, habitent trois peuples ennemis, les poules, les renards et les vipères, chacun dans son territoire. Quand la guerre menace, un poussin nommé Albin se retrouve mêlé au conflit, aux côtés de Zora, la renarde et Célis le vipéreau.

#aventure #guerredeclans

POULPE FICTIONS EST CONNECTÉ !

Suivez-nous sur :

NOTRE SITE : WWW.POULPE-FICTIONS.FR

FACEBOOK (ÉDITIONS POULPE FICTIONS)

Et découvrez nos vidéos
(bandes-annonces et vidéos pédagogiques)
sur YOUTUBE (POULPE FICTIONS) !

ENSEIGNANTS,

Des fiches pédagogiques
sont à votre disposition sur notre site
afin d'étudier nos romans
en classe !